白鲸

理想的异乡

执行主编 / 李琬

中国出版集团　东方出版中心

图书在版编目（CIP）数据

理想的异乡 / 李琬主编. —上海：东方出版中心，2020.12
ISBN 978-7-5473-1733-4

Ⅰ. ①理… Ⅱ. ①李… Ⅲ. ①中国文学－当代文学－作品综合集 Ⅳ. ①I217.2

中国版本图书馆CIP数据核字（2020）第242584号

理想的异乡

执行主编　李　琬
设计指导　张佳平
策　　划　宋朝阳
责任编辑　马晓俊
装帧设计　于　祎　陈绿竞

出版发行　东方出版中心
地　　址　上海市仙霞路345号
邮政编码　200336
电　　话　021-62417400
印 刷 者　山东韵杰文化科技有限公司

开　　本　890mm × 1240mm　1/32
印　　张　11.75
字　　数　387千字
版　　次　2021年1月第1版
印　　次　2021年1月第1次印刷
定　　价　50.00元

前言

本书致力于呈现有价值的文学作品。

我们有意发掘、表彰持续活跃并为当代中国文学做出努力的写作者，无论其知名度、性别、年龄、地域如何，都在我们关注的范围内。但我们格外欢迎尚无“象征资历”积累的年轻作者，另外也欢迎介绍有价值的外国文学作品。

本书主要的写作体裁包括了诗歌、戏剧、小说、文学评论和随笔。这些文字兼具思想性和文学性。我们面向广阔的读书人、文艺爱好者等群体。本书的主题来自与当下写作状态密切相关但又带有启示性的问题，希望能借此打开新的观察视域、问题空间和表达方式。

目录

诗歌

诗歌
Poetry

周 瓒

徒步者诗人(6首)

作者简介：周瓒，诗人，兼事批评。有诗集《松开》《哪吒的另一重生活》《周瓒诗选》，诗歌批评论著《透过诗歌的潜望镜》《挣脱沉默之后》等，译有玛格丽特·阿特伍德诗集《吃火》。现居北京，任职于中国社会科学院文学研究所。

雪絮

可以称得上京城一景了
虽然游客与本地人都讨厌它
四月，它先裹满杨柳雌树的细枝
再轻盈地飘扬在树丛、街边
搭上各种交通工具，挤进窗缝
衣领、口鼻，洁白的精灵
从眼前轻哼着歌谣飞过
仿佛报复人们那过于清洁的愿望
杨柳没有罪过，为了这城市的色彩
半个世纪前，它们被沿街栽种
环抱这座古都
如今它们吐纳净化空气，依然
有效地除掉尘霾、灰烟
很少有人去注意它们
四月的雪絮，如轻薄的被子
盖住倒春寒的时分，期待你的睡梦

沉迷

人生有解不开的谜局
游戏却还在进行中
你选择观棋不语
还是投身其间
假如你身不由己,那个你
一次又一次地抽离
就像不止一次地死去
复活成一个更加衰弱的别人
一个个新的你轮回着
直至你厌倦了专注自身
像翅膀收拢,埋首于胸羽之下
一只雏鸽,在电线上
练习着平衡,叠印成
镜头下一幅匆忙的速写

徒步者诗人

——赠范晔、冷霜与天艾①

在格拉纳达老城的街巷里，他们是三个徒步者。说是“徒步者”，他们的身份既非为度假休闲而来的游客，或茶余饭后出门散步的本地居民，亦非寓居此地、过着别样人生的侨民，更不属于热衷健身的新人类中的一群“暴走族”。毫不夸张地说，他们的行走贴合了这个词的初义，仿佛他们的步伐成了测量仪与尺子，为了苛刻的丈量，严密的侦测而来。他们走着路，全身心投入，要将这里的风光、声音和气味统统收下，来一次短暂而贪婪的巧取豪夺。

他们计划（是的，他们有）是随性而行，并不刻意于一页页翻阅这本厚书——格拉纳达怎么是能够在三天之内读完的呢，也不急于先行了解（在互联网时代这显得多么简易）脚步即将接近的每一个对象。与其说是他们造访它，不如说是虚心领受它对他们的改造，尽管显得笼统、潦草，他们克制了目的性的行为更

① 2018年9月23—29日，范晔、冷霜和我受格拉纳达大学之邀，参加中西诗人中秋诗会，其间每日三人徒步出行，观览格拉纳达旧城。9月24日，汪天艾来，加入同游行列。

像是走动中的冥想，或者是一次清醒的梦游。每天早晨，当他们透过卡门花园宾馆三楼的窗户远眺阿尔汉布拉宫的时候，这场冥想或梦游就开始了。接着，他们推开宾馆的铁门，来到陡峭的街道边，一路斜身疾行，让街名、店铺门面图案、建筑物巍峨的轮廓、各色行人的面孔、树木与墙壁的色泽，符码般穿过他们大脑中处理信息的区块，留待日后需要时调取。但它们并非即将经过简单的相加之后而成为记忆中"我的格拉纳达"，它们只有掺加了"我"的言辞之水之后，才变成了被稀释的或亟待凝固成型的那一个格拉纳达。

一群反影像主义者，宁愿用眼睛，而不用相机，摄影的复制术本就裁剪了他们的视野，所以梦游者只在想象中取景，仿佛视网膜后面早已内置了一款全息相机。他们置身瓦尔特·本雅明的灵韵（Aura）之中，将那倏忽急逝的偶然性吸入肺内，用词语之线织成曲谱，让它们成为一座宝塔，矗立于心的湖泊之畔。格拉纳达是卡尔维诺笔下那些不可见的城市之一，必须经由想象才能完整。在这里遇见的人们帮助他们补充有关这座城市的知识，用他们对她的理解与发挥。在本地人们能够想象的生活之外，比如御宅一族无休止的游戏、煲剧和烹饪，他们也在为创造的神秘性而苦思冥想。这么说，这里高大的仙人掌、芦荟，缺了一座钟楼的教堂，刻在石墙上隐约的石榴图案，旅游纪念品商店里花哨的文化周边，诗人之死以及各式各样勾起对他的纪念的标识，诸如此类，便如同酿酒师的配材，要尽可能地为这款新酿增添些异国情调吗？不，谈论是一回事，而追随逝者的灵魂则是另一回事。

徒步者这样辩驳：拒绝设想这里是一处桃花源，因为航程的目标明确,他们带来词语,用它们交换另一种声音,最终他们的步伐码出了一幅重影拼图,在其上,有孩子们的歌声,就像穿城而过的谷底之溪一样细细地流过。返程中,徒步者随身带上了他们的格拉纳达,他们的行李因此而显得沉甸甸的。

致早逝的友人

人生的中途，却也成了终途
穿过街边花园，我想起你们
人工土坡上青草泛黄
一小群麻雀忙碌着觅食与惊飞

正午的风翻动着密集的树叶
那絮语何以持续了万千年
我琢磨着你们的信念
永远年轻，永不迷途于人的森林

声音穿透虚空，笑容印刻白日梦中
我并没有加紧步伐，仿佛追赶
生命自设的终点，不，我也不会
停下来，仿佛等候，一个未知的神明

告诉我命运的奥义，或者天空
何以如此高远于飞的意志

我挽留过你们吗，在零星的梦中
也只有惋惜，和白日里一样的逻辑

在人群中，我再见你们
你们中的一位向我发出请求
要我捎一程，这未竟之路
于是我启动梦的自行车上路

过秋瑾墓

如迁徙的鸟群，游人朝着同一个
方向，仿佛目的地是一片乐土
就连地图上伸向湖水中央的大堤
也俨然一根坚定的食指
告诉你我，这就是“另一条”
——弗洛斯特不那么确信的路

空气湿冷，无妨你折起红色头巾
绑到额头上，出演一回热血青春剧
但至多是为了镜头中的另类吧
散漫的队伍里一团游动的火
置身于桥的风景，你向外看去
相信前方应有一座“茵尼斯弗里”

是的，沿途有水、有柳树、有荷叶
有整饬的灌木隔出迷宫般的幽径
带你我藏身奥兰多之梦

当我们赫然与她的塑像擦身
从导览图和公号文中幡然
试问：如何挣脱这石头的捆缚

谈论此地景观，用候鸟的语气？
观察地上丢弃的塑料袋和食物
绕墓身寻找灵魂的一线生机
沿着她的目光朝斜上方看
疑心有鲲鹏的羽毛坠落云间
且让我们在此处歇一歇，听她悄声

观秦玉芬装置作品《珊瑚》

根据空间的形状与特点，它们
被安装、排列，你计算重量
分配它们的规模与长度：空中的、地面的
悬垂的、堆积的，视野中的压迫感和美
不放过这套盛装上的每一处细节

如果是在海底，它们也随洋流的手指
如此布置，游鱼似剪刀，沙土如细语
你轻拂它们的尖齿，感到了咸海的蜇痛
在美术馆穿游的人们扮演着觅食的鱼
在危险的相似性中寻求意义

形成一座岛，需要多少岁月
在寂静的洋底沉淀、凝结、洗濯
既是生命又是死亡的形状
直到被植物包围，被翅膀与足迹涂画
直到第一个人跳下船，宣布占有或死光

装饰客厅或书房的一角，它们可以
是被驯服的自然，经得起文化细细品鉴
在海洋生物课上，教授们轻蔑的鼻音
宣布这一章内容就算作自习，更不会成为
考查重点，因为它们安全得缺乏挑战

你依然会认真地摆弄每一枚铁蒺藜
将它们串成美丽的灰珊瑚，柔软的掩体
像帘幕、裙裾、厚厚的墙、失焦的诗句
又像被雾霾裹紧的镜头中的城市
提示进入者：不是到此一游，而是经此一战

臧 棣

小传奇(7 首)

作者简介：臧棣，1964 年出生于北京。毕业于北京大学，1997 年获得文学博士学位，1999—2000 年任美国加州大学戴维斯校区访问学者。曾获《作家》杂志 2000 年度诗歌奖。现任北京大学中文系教授。

白头鹎简史

天性的活泼从一开始
就无关世界的印象是否依赖于
还有很多东西需要弥补；
一旦鸣叫，它就是悲歌的反面，
所有的颤音都会集中于
比激越更婉转，就仿佛相互吸引
在它那边，仅凭单纯的召唤
就能成就；无需更多的风声
兜底那自然的动静。传闻中，
它更偏爱高大的榕树，
而我毫无来由地相信
比起相思树，秋天的柿子树
是更适合它的乐器；雄性枕部的
白毛可不是随便醒目的，
而飞翔是它的活泼的指法；
不合比例，那只是我们的角度
受限于人的视野；更何况

由于蠢笨，人其实没什么好怕的；
那些被它叼走的金黄的柿子
算什么呢？表面上，它的行为
近乎公开的偷窃；而一旦我困惑于
人的损失不再是一种代价，
那被它分享的收获仿佛
也从我的身体里带走了
一种等重的异物：很突然，
但并不妨碍我确信，那减去的分量，
一点也不亚于一次大扫除。

孕蕾期简史

向北飞去的候鸟
从风筝的影子里提取了
一笔拆迁费，留下了
生锈的铁桶和蒙尘的风铃；
甚至角落里弃置的走马灯，
也在放大一次告别，一点也不像
粗活里有一个痛快，但普遍性很差；
扎根扎得好不好，好像也很类似。
而我们要做的只是，掸去灰尘，
擦洗旧物，直到铁桶的乐观主义
从你晃动的身体里摇出
一头休眠的大熊；怎么变形，
都嗅不够；无形的沁润中，
心脾慢慢膨胀，像边境线上的界碑。
如果你不曾估算出四月的蜜蜂
从旁边的花蕊里减轻了
多少甜蜜的重量，新枝上的

新芽又怎么会新颖到
你是大地的魔术,只要闭上眼睛,
白头鹎的捕食量,便像一个踢出的球
旋转着,飞向蝴蝶的影子。

泥鳅简史

出卖已成定局，低廉的，
并不只是价格；还有围绕着它的
好坏的谈论。而它自己
由于浑身布满腻滑的黏液，
几乎感觉不到谈论它的口吻
有多么粗俗，就好像它感觉不到
它作为脊索动物的无鳞的命运。
它的命运是强加给它的：
出于旁观的需要，或出于
旁观者的怜悯。至少听上去，
带鳍的人参，不太像是
一种容易被剥夺的幻觉。
凭着几根细须，它能感到
它被扔进野蛮的塑料袋，
泼了水，但绝不是出于好心；
袋口被细绳扎紧时，它似乎还能
觉察到新主人已注意到

出于死亡本能，它会拼命扭动
它无鳞的软体。就好像既然
付了钱，在表演钻豆腐之前，
它有义务将它的挣扎呈现在
世界的无知中；至于他的无知，
它已预感到，那其实和往浑水里
滴几滴香油没什么区别。

虎头鲨简史

围观升级啰。背鳍像
即将进化的闪烁着寒光的
金属翅膀，尾鳍则像
可疑的世界曾输给过
可疑的剪刀；不论你
是否已脱贫，它都算得上
顶级宠物。漂亮的折返
尤其表明：第六感在它身上
已沦落为一种准恶习。
绝对的观赏性随时给它上弦，
让它的野性慢慢消磨在
钢化玻璃的另一侧。
即便有人指出它实际上
不同于蓝鲨；不。它还远远
不是鲨鱼，顶多是外形
容易引起误会的一种鲶鱼。
和胆小呈反比的是，在温顺中

隐藏着太深的攻击性；
只要在投食范围内，它的体形
就大得和圈养它的水域不成比例；
并且这比例的失衡会加剧
人的内疚，直到饭主将买来的泥鳅
作为一种弥补，投入鱼缸。
而浑身柔滑的泥鳅的每一次
暂时的逃脱，都只会激化
它身上淤积的原始的愤怒。
假如用一个冲刺就能结束
所有的屈辱性试探，它做到了：
撞击玻璃的一刹那，
它也将泥鳅吞进了肚子。

萌芽简史

世界之谜仿佛已失算，
解冻的泥土用不断扩大的面积
取代了梦的情绪。零死亡
感恩零见证，零黎明共谋
零黄昏，零真相注射零拐点……
但都比不过细雨像梳子，
从上而下将北风的方向
和情感的方向拢合在一起；
你仿佛仍有机会面对
一个人的秘密：俯身一看，
洇湿不仅仅是痕迹，更出自
经验之歌。只要炒过鸡蛋西红柿，
你就是厨师；只要还没忘
在三月给虎尾兰翻盆，
你就是园丁；只要润色过
一行诗，你就是词语的拳击手；
只要泡过蒲公英，在你面前，

死神也没法否认他刚刚喝过中药；
只要揉过太阳穴，你就是按摩师。
真的就没有特效药吗？会不会
省略的中间环节越多，
跳跃就越真容：只要还没醉，
你就是饮者；把可爱的名字和名次
都留给芦荟和绿萝的新芽吧——
就好像这是头一回，你拒绝了
永恒的诱惑，在美丽人生中
如同回放一般，感到了永恒的快乐。

狸花猫简史

感觉到你在靠近后，
它并未回头，而是加快脚步，
迅速跑上小山坡；那里，乱石的旁边，
像是早就有一个备用观察点，
可供它安全地打量世界的危险程度：
对峙的一刹那，它已卷入
诗的动机，成为诗的对象，
就好像它代表着我们与世界的
另一种关系。而它的眼神表明，
它从未读过一首好诗。它喜欢随意的游荡、
随机的捕杀，以及尾随的尽头，
足够的耐心会克服遭遇的偶然性，
带来一次爱的回报。它用它的孤独
忠于自我的本来面目，这似乎
不难理解；而我们不太熟悉的另一面是，
它也用它的游荡忠于世界的本来面目。
在它身上，天性和灵性的混合

充分到假如你也想追踪
从你身上究竟流失过多少野性，
你就不得不用你的游荡
将世界的野蛮再缩小九平方米。

翅脉简史

如果不是因为偶然
一低头，一个像你这样的人
很可能一辈子都不会用正眼注意到
它的存在：昆虫本来就小，
长在昆虫身上的它，就显得更小，
更纤细，更易脆断，以至于
将它独立出来，作为观察的对象，
你会怀疑世界的真实性
是不是在你这里出了什么差错；
一切都正常的话，为什么回溯时，
每一次，都是死亡充当了
它的介绍人；虽然你可以申辩，
不是你干的。这种事情上，
你只和你自己是同伙。
虽然这申辩有助于你对它产生
一生中仅有的一次兴趣：
乍一看，和叶脉很接近，

和人脉却构不成一个反比，
作用也很像大象身上最小的骨头
被拉成了细丝，用来支撑
一种灵活的飞翔。甚至你自己
都会有点吃惊，你毫不费力
就能想象出它是空空的，
有不明的体液慢慢渗入时，
你的神经也会跟着微微一颤。

田雪封

诗人何为(5首)

作者简介：田雪封，1971年生于河南农村。20世纪90年代开始诗歌写作。著有诗集《与镜中人交谈》《低飞》(合著)。现居郑州。

诗人何为

被雪地的猛兽追逐，
只能大张着狗嘴，
浑身冒汗的诗。

披覆铠甲的蝎子，钳紧大地细腰；
尾刺朝天空伸缩，硬撅撅
微微颤动着：迫切喷射毒液，
让红太阳昏迷的诗。

从制服的皱襞钻出，湿淋淋趴在石碑上
对着路人大喊大叫，
夭折者才能听懂的诗。

满纸怪异符号，不知道谁
借你的手笔写下，世人难以破解的诗。

两片绿叶遮蔽羞耻，粉白的蜜桃，

夹着一道裂缝的臀，由于舌尖的舔舐
而格外甜美多汁的诗。

欲望的网眼太密，月亮滚动着，
怎么也漏不进思想的诗。

一只旱鸭子，
衔着一朵鬼火，
浮出水面的诗。

七十岁，你后悔了，却早已不能销禁的诗。

一首诗

——给江离，兼示想马河读谈酒会诸友

1

心不是心，而是魔兽的宫殿。
一首诗就像精灵鬼怪，有些人一辈子也碰不上一次。

难道不是理性把我们关在它的铁笼里？

每一次冲动都是误入房间的小麻雀，
在没有云烟的空间乱飞，脑袋撞向透明的窗玻璃。

2

你要捕捉的就是一个遭遇袭击，
咽喉喷着血，被拖入黑暗洞穴的词。
它身上的藤条从悬崖倒挂下来。

你感觉你的写作，就像投放于茫茫太空，
寻找外星人的微弱音乐信号；
早晨那旋转的黄金太阳罗盘上，一线来自遥远人间的眺望。

3

半夜醒来，我望见你，
在一条影子摞着影子的小路踽踽独行，
时而急匆匆，时而停下脚步，
一个长久的决定，一首诗，终于在内心达成。

一首诗，只能读一次，你读着，它消失着。

一首诗，那移植植物，你更深地深入生存的土地，
让它的根须携带更潮湿、更新鲜的泥土。

一首诗，可以把人的本性从黑暗里捏住，
就像从装着各种颜色乒乓球的盒子中
摸球，一种偶然性被我们牢牢固定。
（而即使一次饭后散步，也会有意外发生：
一片落叶被看见，一声布谷的叫声被听见。
并且是唯一的，根本就没有下一次机会）

4

在时间起雾的过去，语言学的方向盘，
左旋右转，最终把小轿车开到了
不以结局为目标的目的地。
而在天空的人行横道口，
信号灯的一红一绿之间，
你曾经由于触碰黄颜色陷入异域空间。

在马鞍垛那山腰的玻璃栈桥上，
下临深渊，周围全无依靠，
撕裂胸口，双手抱头，用投降的姿势
用残存的气息对着山谷叫喊，把自己大声地吐进空气。

5

你在一首诗的结尾之处浮出水面透一口气。
在一首诗的结束之处，你发现了它
一杯滚烫的开水催开一朵枯萎的牡丹花。

文字工作者，结巴着。
他的古井里，涨溢着汲不尽的水，
而别人所品尝到的，全变了形，就像现实是
插入茶杯的筷子，透过普通的液体看起来早已向上折断。

一首诗是蒲公英的白色女儿们被生气的高音喇叭吹散。

最美好的

不识别出朝阳山坡上的野花，
你就坚决不迈出这道坎儿。
你仍然走在那最美好的一天。
那么自信，好像我的雨水
无论下多少，你都能够接住多少。

当上下午像一盘番茄炒鸡蛋，
被端上饭桌，刚好压上鲜红的十三点。
你仍然逗留在那座最美好的农家小院里：
两棵核桃，一棵枇杷，三棵杏树……
山崖根儿还有七八箱蜜蜂，小宇宙嗡嗡着。

“他们的需求是这么少”，
你仍然停在那株野花前面，
接住我的雨水，“但远比我们快乐”！
最美好的那些瞬间就像那位乡下妇女
摇落的大枣，蹦蹦跳跳，又红、又甜。

你把窗帘拉严实，好像害怕
天堂的幸福会隔着一道缝隙递给尘世。
你把窗帘拉了又拉，给房间撒上一层黑夜的
胡椒粉，好像害怕最美好的事物
散射出元鱼的腥味。

而我的理解是最美好的事物都具有泥鳅的腻滑。

谁都没有见过它

谁都没有见过它，我也不确定。
但它扭歪了我的手腕，我的笔，
像冰山的一角，把人的勇气撞出一个洞。
我写什么，它总是暗示着什么，
尽管没有挡路，却歪着头，不看我，
只是瞧着天花板。或者微微摆手，
朝我的背后挥着，而那里没有人，
只有夜晚潮退后的寂寞。

这么说吧，有它的存在，即使是影子，
我也不会宁静，怎样做都难以凝神。
像一种刺激的气体，扰乱我的正常嗅觉。
像一种颜色，让一个恐怖的画面反复呈现，
让人条件反射般产生逃避心理。
它矗在那儿，就给人紧迫感，像场事故，
汽车越堵越多，天亮也回不了家。

它不会蛆一样蠕动，不会发出苍蝇的嗡嗡，
可我还是感到恶心和烦躁不安。
因为它不是吉祥物。它蹲在那儿，
像超限首领，对服帖的人与物指手画脚。
它摊在那儿，会把我在白纸上
写下的黑字变成灰颜色。会让人警惕。
会让货船的吃水线减少，这趟出海又白干了。

皮扎尼克:“她与不明之物抗争过”

1

一位红衣女旅人。

没有青葱的伊萨卡岛,
没有等待漂泊者的妻子……

咀嚼,咀嚼着失眠的人形扁豆。

2

今天遇难于长着狼牙的记忆裂缝。

3

把自己当作缺席者!

当作时间的逃犯!

只能急促地、上气不接下气地吐出
一个星球撞击另一个星球产生的
破碎的词。

4

“疯石”,就是诗。

写诗,蘸着生命的墨汁。

写诗,使用骗过的语言。

5

她胸口神秘的雀斑,雪地里的鲜红。

6

死亡,你有个光滑的底部。

死亡,我想沉浸在你的黑暗里一会儿,
并溶解在那儿。

聂广友

果园来信(7首)

作者简介：聂广友，20世纪70年代生于江西永丰，现居上海，出版过诗集《游园集》《果园来信》;2010年创办“风月大地”论坛。

高原来信

我们的舟在湖里划着，
我们划入晦暗的下午，无人管顾，
沉入湖水冰凉的蓝色里，能在
原朴记忆的委曲、简朴里

返回。木座基白明明的，
劈开它的寂寞，它的空，它的
无为，它的傲慢，堠口等候，
或只是在山脊依次建立。

为它的子民，应需而生，
建与不建，犹如天选，
在大地上，留下踪迹，
平凡、皈依，是人的生产、事迹。

找到两个玛尼石堆，下午，

三角旗系在风里，飘扬，
疲惫的风变得清晰、平凡，
木板的明亮照过旅人的迈过。

果园来信（一）

田埂露出，终于沿那边方向
我们走了上去，那口田的岸背，
稀疏根草隔开的边界，以及它们
神奇陌生的邻人业已消散殆尽，
唯余田埂矗立，直行于低空。

白日的光芒耀目，沿埂岸
走入它的丛林，丛林已衰败、
消失，又凭空茂盛，
过了它的小桥，它红色埂身
步入新的安宁。

御用的农人已随塘路
下到黑色松林去了，
冈岸、坡坂更加显露
（它的空寂）。

我们堪堪在它的光芒里行走，
在果园不远处，攀上丘顶，
田园已荒芜、壮丽，
进入白日闪闪旋转的纬道。

山冈上，他们的屋宇
也进入明亮、简洁的光里，
进入微红、简朴的持家，
看见妇女在界限外辛劳地汲水。

光芒愈盛，我们又沿
鱼草在白日密集的冈路，
杉树已拨去，坡岸敞蔽，
看见圆拱里老人、园子、池塘、菜蔬，
老人已死去，浮萍开出肆心的白花，

填塞往日的池塘、大道。
村庄不断老去、又醒来，死亡而年轻，
唯有白日寂静的冈岸像是母体，
在衰败、明亮又郁结的土地
闪着清丽的光亮。

果园来信（二）

村庄拱卫，山坡上，
苜蓿叶遮盖小径、脚步，
它们通往小礼堂。白日里，
破败的土墙昂然挺立。

腐褐色的叶子也遮盖着
梦想，墙的土砖迤然于
茂盛的榛莽，清晰地倾圮，
又伫立在诸多绿色尸身。

山野寂然，一间明亮的小屋
刚刚搭好，憩息于黑风厅堂的
岸角，松林里，凶险的路径
已遗落在坡岸下。

白日灰白，五斗橱、酒柜、

农具、刀砍，正在腐烂。
小草缀点，布满颓然张开的大坂，
我们走出静寂的坡岸。

星群来信

镇邑赭红。从它的屋檐沿
马路的两边勾勒起，勾勒出
一个小镇，从雨后一栋
白色临时工棚或水泥小屋。

它的空旷和孤单中，带着
一些冲动的蛮力的喜悦，
终于第一次
来到一个旷野。

预制板粗粝。泥浆，马路。
红色粗朴的气氲中，屋宇在
一个年轻的上午，静静地
生出匝（道）口，和时辰。

时辰中，两边的屋顶红红的，
画满了檩檐、整屋，沿马路

向前走，来到巷宇阒无人迹
的坡坂上，浑身沉醉的少年
刚刚冲出他的邪恶。

坑北

山陵密闭。
刀镰沿陂岸越过阜头茅草。
它晌午干燥的埴岸密排了茎秆，
茅秆刺人，已认出这片山林它（自己）的

拒绝的躯干。又把我们拥抱得更紧，
认出孤子。
草秆喧响，生出六月山林丛林
翻起的叶子，独自随众人走进

草秆翻起叶子的陂原。
独自就是认出自己，认出村庄。
草秆喧响，生出陂原上的担绳，
在他们的日头里肆心地躺卧。

有陌生死亡栖居的

家神，灰白刺人的茅林茂盛，
原野有它的家主。
六月贞洁，保存有红色冈岸的小桥。

岭背

树木丛生，分布在坡坳
丛生的茅原，它的延展在夏季的
风土里弥盛。茅原成形，
展露它的明亮、单纯和偏执。

叶子在茅原出现，梗枝
清晰，对着的丘顶是白日的
弥深，庇佑着茅原的
“人的抵进”。枝叶、山果

明丽，照亮午后浓烈的自然。
村庄蛰伏在山坳后，
敞启本性，居住于山岭的基础。
时间、谷风彤红。

原脚出现陂岸。

陂埂上，田连着新岸，
有水稻、农人在白日里
走过李家岸。

圆岭

五月，田亩的青禾
正在抽节，茁壮、清新地
立起于外在的田中。
禾田在属于村庄的
日子时辰里。

抽穗的农田在高高的阜上，
从田埂粗大的茎草下
踏入宛如新奇的田界。
在明亮、清朗的时辰，
在岭下灰白小径边上。

在晌午初始，辰时，
他走进了大片明亮禾苗的田埂，
或正从田中回来。
辰时，他从那片禾田走来，
那片禾田我们因此和它有些陌生。

山岭依南面打开，
沿饱满之岸布列山谷。
越过山岭，村庄居住于中心，
破败的栅栏永恒而原貌，
来自天造。

村庄丰盛永恒，其时年轻。
他走出他的田亩，
在裸露的山岭上行走，
慢慢爬上圆岭，犹如
攀登村子白色时辰里的结构。

江 离

重力的礼物(12 首)

作者简介：江离，本名吕群峰，1978 年生于浙江嘉兴，浙江大学外国哲学硕士。2002 年与友人创办民间诗刊《野外》，2010 年参与创办诗歌文本《诗建设》。著有诗集《忍冬花的黄昏》(2012)、《不确定的群山》(2013)。现居杭州，从事诗歌编辑工作。

微观的山水

我几乎没有注意到这盆山水
在暮色中，一层细雨般的光晕
围绕着它，谦逊而自足
仿佛自鸿蒙之初就已经在这里

它的一角有了些许缺损
几株苍松，两座峭壁
很显然，在少雨的十一月，它干涸了
一只舟楫停在了前面的浅滩

这微观的山水，曾在私人生活史中
占据过一席之地
尽管更多时候，人们将之
看作闲适生活的附属品，一种仿真的艺术

当贩夫走卒为劳役所困
而失意的知识阶层在退守中

寻求着慰藉——山水、园林、诗和书画
它们构成一篇面向自然的苦涩引言

也许这就是艺术最核心的部分
它与忧思、愤怒相关，而不仅仅是消遣
即使是最颓废的风月
也总是与抵制联结在一起

个人的悲喜凝结了，眼前的山水
它的松尖、它的山石的纹理中
仍激荡着久远的回声，一只麻雀曾先于我来到这里
聆听过如晦的风雨

认识论的早晨

清晨，摄影师用三脚架
固定了一片风景
他在调整事物的景深
有一刻
一只花斑瓢虫的逗留
让他着迷

对我来说，这也意味着一个
认识论的早晨
摄影师带着移动的风景
进入新的风景中
就像我们每个人，带着偏见
寻找着相互理解的基石

没有人比他更清楚，在对焦时
花斑瓢虫越是清晰
背后的草坪就越是退入

一种模糊之中
万物静默如谜，可见与不可见的
始终不可穷尽

我们在认识的确定性
与事物的完整之间
就像快门按下，那启示性的闪光
仍不过是一种简化的捕捉方式
在它所拥有的限度之内
而我们别无他法

对毕达哥拉斯的献辞

因为无限的少数人都曾追随，
晦明不定的星空的指引，
如同毕达哥拉斯，在他的窗口仰望。
一个无边黑暗中的孤寂旅人，这以后
所有世界的阅读者、巫师、智者、炼金术士，
各自穿过了丛林、黄昏的金色海岸，
历经地狱之苦——
不是为了在一头饥饿的狮子身上
复苏它统治土地的雄心，不是在沙漠之上
建立黄金的国度，
只为在星辰的沙盘上推演，
（在理智认知和未知神明的庇佑下）
我们自身和世界之中，那不可见的统一性。

天真的经验

那个孩子，沮丧于没能捉到蜜蜂，
他的玻璃瓶仍是空的，
因此，晚上他的梦中盘旋着蜂群的嗡嗡声。

也许在未来他会有一片油菜花地，
甚至，成为一个养蜂人，
指挥着成群的蜜蜂进入不同的蜂箱。

谁能知道这些呢?
在数列般漫长的生活中，
究竟是有趣，还是失望多些。

但现在，一切似乎都是新鲜的，
他对世界的认识，
来自对小镇的车站外的想象。

他还没有成为自己的骑手，

还没能控制雨水的缰绳，

而他将在错误之中捕获经验，那有限的一跃。

重力的礼物

白乐桥外，灵隐的钟声已隐入林中
死者和死者组成了群山
这唯一的标尺，横陈暮色的东南
晚风围着香樟、桂树和茶陇厮磨

边上，溪流撞碎了浮升的弯月
一切都尽美，但仍未尽善
几位僧众正在小超市前购买彩票
而孩子们则用沙砾堆砌着房子

如同我们的生活，在不断的倒塌
和重建中：庙宇、殿堂、简陋的屋子
也许每一种都曾庇护过我们
带着固有的秩序，在神恩、权威和自存间流转

路旁，一只松鼠跳跃在树枝上
它立起身，双手捧住风吹落的

松果——这重力的礼物
仿佛一个饥饿得有待于创造的上帝

诸友，我们是否仍有机会
用语言的枯枝，搭建避雨的屋檐
它也仍然可以像一座教堂
有着庄严的基座、精致的结构和指向天穹的塔尖？

雨夜想起友人

——给泉子

有时，我想到你
在咖啡馆，窗子推开了
早晨的清新涌到你阅读的书上
你写下落日的诗句
像一位农夫
用铁锹松动着泥土，那里一小片果园
摆动，接受风的巡阅
有时，我想到雨
马蹄般踏过西湖，泛起一片白雾
转而如婉转的燕语
你打伞走在白堤，听着寂静
从枯荷根处飘起，你是
寂静的知音
有时，我想到你就是雨
从远处的青山，溪流

带着细小的漩涡
又一次，冲走了多余的漂浮物
这里，也许有着正确生活的依据

观赵孟頫《鹊华秋色图》

1

青色的鹊山敦厚，如象背缓行在东林
华山笔尖一样兀立，似是问难于西天
四野水泽流动，平远以至苍茫
沙洲曲折无尽，点缀着荣枯的万木

2

南宋亡后第十九年，赵孟頫画下这幅
《鹊华秋色图》，那时他从元朝辞官归隐
世道有如华山的险峻
而他在笔墨中安抚着沉郁的风雷

3

几间茅舍散落，隐现于高杨树间

坡上，五只山羊正在闲散中吃草
不远处，一人拄杖而行，浑然不觉
赭黄的屋宇和红绿相间的树叶中降落的秋声

4

他深知，事敌的非议不会绝于坊间
他曾长久品味进退的艰难
当他用丹青把济南的风光描绘给
思乡的友人，也许是在告慰难以辩解的自身

5

看吧，丛生的芦荻已被风压弯
劲松仍然挺拔，一切都承着自然
近处，三只小舟停立，渔夫正在起网
秋水明净，而乡野淡雅，正可以托付一生的远愁①

---

① “不假丹青笔，何以写远愁”是赵孟頫对从他这里正式开启的文人画的精神寄思。

孩童的游戏

——给知非

草坪的阴影上
孩子奔跑着
自由得宛如豌豆荚耳旁的风
他搬来小石头、砖块
一个年幼的造物者
再加上枯枝、草茎和沙
一座圆形的围墙
然后，里面，一个小房子
他完成了

在未来，也许他能建造
夏日蝉鸣中的寂静
流逝的天光。失败、重整
龙象的遗迹，抓住它们
忘记它们。这样
你的呢喃是一种抚慰

你的注视使浑浊的池塘
变得清澈,你的耳朵可以倾听
一个完美的深渊

在你身边,永远有一座
空空的谷仓
而你是遗忘清单上的采集者
你是还没有生成的语言的看护人
你的磨盘日日夜夜永不停息
你将给这些废弃的枯枝、蝉鸣、悲痛
一种新的秩序
让它们转动,直到它们如星辰般
成为统一体,一个新的星系

蟋蟀在歌唱

当最后几片薄暮褪尽
蟋蟀开始了歌唱
先是在我童年的瓦片下，带着
早晨恒久清亮的音色
然后，是在废弃的冷轧钢厂歌唱
蛛网将它的声音
凝结在历史亦真亦幻的露珠中
它在高架下歌唱，上面
厌倦了应酬而急着回家的尾灯
画出了红色的弧线
它在我们时代致良知的困扰中歌唱
也在没有任何保险的穷人屋檐下歌唱
安抚着夜半婴儿求奶的哭声
它唱着，在墓地
在来不及清扫的战场上
那里，相互搏命的敌人拥抱着倒在一起
城镇的灯火，像悬浮的岛屿

远处，风中浮动的蛙鸣和秋虫声
交织起另一片灯火，托管了听觉的迷宫
在夜的穹顶下，它们唱着
一棵棵树像一众塔林
庄严、肃穆，静立于交错相生的梵音中

游上天竺法喜讲寺后记

曾让人屏息的庄重
已淹没在我们时代的众声喧哗中

言语稀释了语言，因讲得太多
而变得空洞，归于消散的烟尘

大风即起，摇落了众生窃窃私语的耳朵
啄食的燕雀也将四散

伟大仍没有成为常识，仿佛从瞌睡中醒来
步出大殿，侧身于草木间的夜露上

星图

外祖母告诉我，天上的每颗星
都对应着一个人
每当有人死去，属于他的星就会陨落
那是暑期，七星的斗柄正指向南方
星星布满了天穹
我靠在她的膝上，看着星辉组成的
银色光带横亘天际，听她讲
鬼神的秘闻，仿佛草木之间到处都有神灵
这是何其宽广的世界
它们永久地铭刻在一个孩童的心中
当她的那颗星带着光焰消逝在夜色中
我就再也没有见到过那璀璨的银河
这就是为什么，我还是少年时
从图书馆里疯狂地寻找它们：
北斗星所在的大熊座
参宿四和参宿七构成的猎户座
我想象着，外祖母的星应该是在仙后座

想象着当它消隐之后，只不过是
参与到更深邃的暗蓝色的夜空里
我抵抗着，将星星描述为客体的冰冷知识
带着那张璀璨的星图
为将我们的残缺描绘得更加完美
那些炊烟、伫立在浅紫色晚霞中的村子
那些已经拆除了的黎明时的街道
你的渴望，你的看上去有些笨拙的坚持
那么久远之后，依然在向我展现
那种隐秘的意义
我的意思是，每个人都带着自己的星图
——我们主动塑造着的自我
一种生活的风格、灵魂的强度
今夜，没有星光，母亲、妻子和孩子们
都已睡去，我想起你，外婆
当你指着树枝上浩大的圆月
而你是一阵风，托举着飘散的蒲公英

雾中谒鹿门书院

一条碎石路铺向书院
石砌的台基，四合的院子仍有抱朴之心
庭院的屋脊上，几丛修竹拢翠
几处寂静舒卷着清流

院外，仿佛能听到呦呦的鹿鸣声
那曾是吕规叔和朱熹
是历朝的学子
为扶正时代的灯火，校注着真知上的迷雾

胡 桑

在梅雨和季风行省腹地(4 首)

作者简介：胡桑，1981 年生于浙江省德清县。2007 年—2008 年任教于泰国宋卡王子大学。2012 年—2013 年为德国波恩大学访问学者。同济大学哲学博士(2014)。2017 年度海峡两岸十大作家(中央人民广播电台)。中国现代文学馆客座研究员(2019)。著有诗集《赋形者》(2014)。诗学论文集《隔渊望着人们》(2016)。散文集《在孟溪那边》(2017)。译著有《我曾这样寂寞生活：辛波斯卡诗选》(2014)、《染匠之手》(奥登，2018)、《生活研究：罗伯特·洛威尔诗选》(2019)等。现任教于同济大学中文系。

在梅雨和季风行省腹地

一

跨过一座水泥桥，
穿过一片鱼塘，
那是电线杆不再延伸的尽头。
一个村子蹲伏着，
在桑树地和水田之间的高地上，
占据着一片天空。
时间是一颗熟透的豌豆，
散发着橘色的光。
天气一日日重复，
在暴雨、台风和雾霾里急剧变形。
屋里屋外都是受缚的人，
有着生机勃勃的表情。
梅家桥下可以见到几百只麻鸭，
快乐而不老实，畏首畏尾。

二

手套厂，衣服厂，丝巾厂，
皮革厂，化工厂，码头，
在孟溪那边，在人们的期待里，
收集男女的劳动。
新开河平缓的水流
在大闸处湃舐着运河，
曾有一个夏天，
那善于泅泳的男孩
被运输船螺旋桨割伤了腹部死去。
道路都不可化为辜负的暗影，
谁都不能伤及另一人。
他人总是移花接木。
这个人贫智短的村子，
有了河流的任性，
调配出喜闻乐见的免疫力。
卑微的心肠安然入目。
琐屑的事情铺垫在每个人心里。
烈日闯入午后大气的宁静。
悄悄然的村妇三五成群，
在屋檐下编织、缝补，
交换轻盈如云的流言，
仿佛六朝的骄奢淫逸

漕溢出京杭运河。
骑着电瓶车，从工厂回来，
沾满泥浆的劳动布
走动在田埂上，
靛蓝里生长出了黄昏。

三

这是一个江上人的村子。
在清帝国的黄昏里，
他们上岸，生儿育女，
复制树木的阴凉。
他们站在水边，
看着运动一个又一个过去。
他们任由自己在运河边豢养平庸。
河水强大的流动一直未被克服。
桑树，水稻，繁衍的法令
绑住了子子孙孙。
由于安贫乐道，他们进入了生活。
在长江三角洲，
酱醋油盐在一生中轮回。
人们迎娶，远嫁，
只是男人的家姓不曾迁徙。
债务和疾病是被晾晒出去的衣服。

四

这是一个不好不坏的村子，
普通得就像是鲫鱼身上的鳞片，
闪着世俗的银光。
在这梅雨的行省，
雨水洗涤了儒释道的墙壁，
屋内潮热却空洞。
人与人隔着沟渠交谈，
他们在这里一再重逢，
一辈子又一辈子。
在这季风的行省，
人们上班，斗嘴皮，烧饭，
搓麻将，看电视，
日子总在第二天凌晨开始。
运河沉默不语，
像一条泥鳅释放着呼吸。

同里光阴

河流是无尽的，承纳了午后的暴雨，
积蓄迟来的荫凉。在虚掩之门内，
木樨、朴树、白皮松无需求助鸠匠，
念及薄雾和岁月，它们长得如此高古。

而果实和枝叶，在镜中零落，园内
退思的官吏，倾听过池里浮动的林木。
理水源于遗忘，那悦耳的反倒是
无形的丝竹，是他人之爱，是那些

停止生长的紫石。园圃渴求宿命，
台阶守护着一次次停泊。迟暮的旧宅
却从未起身，从未哀戚，唯有闺秀
禁锢于阁楼，一边观看，一边创造。

练习静默，伶人编织声音，直至清癯的
墙月满足于悬停，我们终于认出了彼此。

而今，游人们步入疏影，遭遇了戏台，
体内的一个古渡，以及复刻离别的亭榭。

那些季风吹拂的里弄不会被移到别处。
也许是为了遨游，老人们寂坐，一点也不
在意春秋的更替，只在茶水中，了然于
如何消失。复水椽支起的虚空变得满盈。

约束

止步在运河岸边，那些柳树
在根部贮存寒冷。风从化工厂
吹来，黄昏是必要的时刻。

人，不同于县道上的车辆，
记忆囚缚在泥土深处，
辞乡，却从未抵达孟溪那边。

那界限比天空更为清澈，
榖树嗟叹着，父亲的酒，
母亲的电瓶车，重复于每一天。

不如虚无点

天空羞答答的，送来了
几个夜晚。勤勉的人
静心走路，想要走到最黑处。
嗯，一扇巨大的门在关闭。

“你不是一个虚无的人。”
然后就是不理不睬，就是见证。
坐姿倾斜，树叶零落，翻找出
一个不那么真实的自己。放下

念头。草木在人间，
在巷口，嗅着被绑住的空气。
人心不同。不觉移步到了
地铁。那么多人，那么多欲望。

王天武

地球博物馆的藏品(11 首)

作者简介：王天武，辽宁阜新人。

再次出发

丹在地铁上遇见一个教会的人
给他一本小册子
和上帝谈谈吧！和上帝谈谈
我会的，丹说，我会的，我会重新爱上他

夜行列车

我在火车上，穿过一个
巨大的省。火车满身雨点
我想起一个死去很久的女孩
苍白，平凡，目不转睛地看着外面

支点

我的语言又变成孤单地依偎着内心的小动物
我在镜子里写下“你爱我”
在外面读就是“我爱你”

我只是皮肤进入秋日，
让我休息吧——让我像芦苇

地球博物馆的藏品

我们在冬天遇到的生命
不能称为冬命。夏天的,也不是夏命。
我们看照片不能责怪它无声,
照镜子不能埋怨它不是立体的。

上天会让超人离我们远点,
因为他带来的向心力,
会把你甩向太空。虽然那太好玩了。
你是地球博物馆的藏品,孤零零
只有一件。

清晨

清晨在一个凉亭里坐着。
烟头明亮。鸟鸣提醒寂静更寂静点。
水流从石头上漫过。
我都懂。你也有这种力量几乎无声地
轻轻抱着我。你爱她抱着你不用力量
或者依依不舍的力量不允许被遗忘。

我在内心大喊大叫

你曾经爱得大喊大叫，
不知道说什么。
但是后来，你不再说了，
你回了内心的大省，目不转睛。

我请我的心唱歌

一清早，在阳光下，神采奕奕，
我捧出心，来吧，
让他们听听，给他们听听。
我的心开始歌唱，一伸一缩，
血液循环着，拉小提琴
一段结束时，又重新开始，
前后是一样的曲调，但后面的
突然悲伤。

夏日将至

——给金辉

落日有睡眠的愿望，
有失去的愿望，
有像落日一样。
得不到的愿望，
有进入一具尸体，
使美丽动物复活的愿望。

还有十二分钟十月二日

还有十二分钟十月二日。
还有十分钟十月二日。
还有九分钟十月二日。
还有一瓶啤酒十月二日。
还有十二秒。
太好了！
你是第一个在十月二日喝啤酒的
地球人。

我的世界

我的世界有很多愧罪感。
我怀疑世界并不存在，
只有“我”，
“我们”是谁不确定。
那些死去的诗人不再有
“坏日子”，
“好日子”。
他们停止阅读，
他们不说话，但用死去的眼睛
看着我。
我值得期待吗?
他们不怀疑，
他们不会教花朵唱歌，
诗中有扎加耶夫斯基句子。

你看着窗外的灯

那灯光不是你的，
但的确照亮了你的房间
和你。你看清你在写作，
给别人阅读。词语离开了你，
灯光离开了灯。

伽 蓝

每天早晨都找到一个莎士比亚(15 首)

作者简介:伽蓝,本名刘成奇,1976 年生,北京市门头沟人。现为门头沟龙泉小学教师。2004 年起开始诗歌写作。在中诗网、传灯录诗歌论坛等,偶有作品发表,入选若干诗歌选本。著有诗集《半夏之光》《加冕礼》。

树枝摇曳

树枝摇曳，毛茸茸的鸟声，
点缀清澈见底的绿意，
涧底的琴声无人弹拨自己鸣响，
终日不绝。山风徐徐吹过
而鸡犬并不相闻。
掐灭了烟头，忽然有着
躺在树尖上随风摇曳的冲动。
在山腰望一望，脚下的初夏
涌动，层层波浪此起彼伏。

林中水滴

它看见，岩石上的树影
与落叶上的树影
都穿着一件光的礼服
质地，经验与性情不同
显示不同效果。尤其山风
吹来的片刻，
岩石上的树影默默颤抖
落叶上的树影，在弹唱野歌。

上山

独自上山，落叶沙沙响。
落叶和未化的积雪，
天蓝得不能再蓝，
阳光透过林梢照着
灌木和巨石，没有
一只鸟。一棵桦树的旁枝
不知被谁砍下，
回声还在山谷飘荡
冷风，倒灌山坡。接下来
我将在那创口上嫁接
自己的身体。

下山

下山比上山更快。
一个人没有了秘密和欲望
身体就会变轻。
为一座山写了一首诗，
就会更轻一些。
现在，健步向下
像跳跃的山羊
到来的地方去，
这让他有说不出的滋味。
人生将从这一刻
打开另一扇门
走进去，毫不犹豫
能看见路边向上攀登的花草了。
能听见远方的溪流，
应和自己微弱的心跳
但是，打柴的比他更稳健
采花大盗比他更轻盈

怀揣几寸侠骨柔肠，他享受
自己的节奏，有时
停下来看明媚的天色，
有时，听一曲灌顶的松风。

趁年轻赶去爨底下望山

伸手就有鹊鸟落下来。
眍眼，翅翼收拢对称美。
两爪漆黑，轻轻
握住陌生人指尖。仿佛
世界仍然安全，值得信赖。

古老建筑夜不闭户。
白昼，再次洇开水墨丹青
都像神秘的应许。
在石头里雕出活的图案
哦，语言也在描摹。

鹊鸟投空后的轮廓
——还乡者灿灿若春风
无用，抬头望山
理解僻远之幽怀，像一株椿树
突然年轻得一无是处。

加冕礼

“死者会被加冕。”之前他摸黑
走过最后的路。直至戴上野花的王冠

鸦雀无声的时刻，真正的平等在闪耀
日月以沉甸甸的钢印压迫树林的法庭。

山谷中的所有野花，献出自己的火焰
与金属。怀着惊惧，提取雨滴里高贵的语言。

这是第一仪式，直到那天。它，为我加冕。

星空盖顶

发光的院子熄灭以后
你仍然不能看见
仿佛天空并不存在
只剩下黑暗
铸住深不可测的时间
必须容忍自己
也变得漆黑
让呼吸进入黑暗内部
承载消失的身体
天地这样辽阔
从来都是一人来到
现场的黑暗发掘
然后,繁星
闪烁,一条大河翻卷
亿万颗孤独的星体
你感觉自己又矮了

三分之一，而所有一切
将在这一刻填补你
失去的部分

麋

从隆起的腹部我看见坟墓
西风聒碎夜莺
你是第几缪斯
带来霜花装饰的天气

生命像面团发酵
我与灯光
交换忧愁
雨中的等待打在黑绸伞面上

时间，在马的眼睛里生病
树林升起夜晚和秋天
我想挽住河水
河水，转身东流

你不再说话
别过头去

梦境悄悄流回现实
流回空荡荡的酒杯

黄叶飘零
黄叶飘零
你的双唇欲言又止
在一个火焰失明的时刻

春风不度

黑暗的草木
不想黑暗以外的事
地下黑丝绒
鼓荡着倔强与失意
冻土的萧疏张开万木

一颗星从天外投来
古老的一瞥
像死！化为心头的
物象，照彻寂静木纹
哦，器皿、建筑
噪声遮不住的清晨

暮色

一直围着金色的高塔颠簸
黄金砌成的高塔
世上最高的塔顶着雪

石头。经文。糟糕的晕眩
铁丝一样抽搐的风
心无杂念，只剩念诵的嘴唇

整整一生都会绕行这座塔
当太阳收尽鎏金
它悄无声息地矗存心灵

我肉体的旅行将是另一座
移行的高塔
光辉，轻盈，纤尘不染

修远

——与子同袍

余音绕膝，对世事颇有悔意
湖水吞吐明月
蔷薇香透过熟睡的长安

骑马的人纷纷杀马取肉
从此，他们要靠一双脚掌
走掉剩下的黑

想象铺排的波纹，是
快刀归于长鞘，绮梦瘦成冬夜
怀疑论回到药片的热心肠

在春天喝了一杯酒
到秋天才会大醉。读过的书
都妨碍花朵长成果实

写下的字只够安慰
自家的瓦上霜。想想从前
爱的种种可能

大多都成为不可能
这样也好
知道了,也就到了尽头

一头骡子

驾驭它的人
也是杀它的人

那人弯腰在地里干活
那人用袖子擦汗
那人埋头挖着秋天的金

为减少寻找
他把一匹年老的骡子
拴在一棵枯树上
然后，忘记了

秋天也忘记在下雨
洗着越来越薄的身板
骡子啃出一片圆形的
荒凉与绝望

杀它的人躲在远处的屋檐下
吃一碗热汤面
他吃得很热闹

雨并没有停的迹象
玉米地喝水的声音
来自四面八方

对面山梁上的松树林
氤氲着一团
化不开的阴云

每天早晨都找到一个莎士比亚

每天早晨都找到一个莎士比亚
与昨天共用一个国家

只是声音沙哑了一些
眼神更柔和，从容的步态
让泼溅在满堂红和孔雀草
光线，慢了半拍

新的一天，仍从独白开始
与剧中人恋爱，剪掉平庸情节
安排好哈姆莱特的命运

像一个醉汉，牵着病马
找到灯光和未来，让温和询问
与夜半的心碎

又一次成为主角。但总有一天

他会拒绝这盗版的早晨
也会厌倦晚宴重复的痛苦

赫赫名声与不幸，催促他回到
1564 年的春天，重新认识
约翰·莎士比亚并不算晚

他将体验另一种生活
一个真正的普通人，平静地
到达坚硬的 1616 年

遗言

怎么说呢，当阿喀琉斯结束这一世
而下一世将来之时
有什么话留给这世界吗
哪怕一粒沙，一阵最后的耳鸣

飘起来了，一朵云。他终于
什么也没说。只有一些
被苍蝇盯住的颠倒影像，在伤口中
颤抖，并将经历更深的战火

现在，他感觉(1226年)

风，再一次
沿着马屁股的弧线爬上来
拍打他的脊背

他的头发和往事都向南飘散
他的沉默再次分解
二百零六块铁
剩余的柔情皆化为尘土

策马，在不知名的草场
天空低过鹰的翅翼
而他的心如此无名辽远
直达世界尽头

即使蝴蝶也有托起宇宙的力量
他想，不久
我将化身为一场前所未有飓风
席卷一切

王辰龙

异地与补叙(4 首)

作者简介：王辰龙，1988 年 4 月生于辽宁沈阳，现居贵阳花溪。

浑河右岸

正月第六天，近岸的河底仍干枯，像田野
在晚冬备孕，黑旧着，布满机械履带的碾痕。
孩子越过冻紧的沟壑，河心不再险恶，他
懒散随后，仿佛劳损的轮胎。他哈出香烟气
和下午的家宴菜肴气味，腾出手拍下寒假、童年
与林间黄色的挖掘机。新工程是沿河铺展的
木板路，而河心岛上兀立的古树，如高炉
被留在火电厂的遗址。他们踩上冰面，鞋底
残雪的闷响，被孩子听成水下巨怪的低喘：
冬眠的巨兽不再饕餮，只是半梦半醒地吐出
计划经济的鱼骨。回家过年的人们，又将
骑起银白色的刀鱼速速入关，去乞活乞爱
乞太平。左岸的“外滩叁号”“新加坡城”
已准备点灯，更多的家庭，把摇摆的工资单
包入昨日的水饺。忍冬鸟掠过桥下的球场
塑料草皮常青，夕光里人造的不朽冷硬而暧昧。

紫竹院

有些时日了吧，冷锋与百事哀
把对旧园的重访，一再推迟。
想必此刻，那儿的湖边，仍有
昨日的人群，在入冬后变慢，
棉衣里他们身子的微热，仿佛
旁证着自然之寒，一如肚肚鸟

不来点水、元宝枫更深，亦如
垂钓的男士失去早间的池塘，而
院南的旋木已久无欢声。长发的
老歌王，是否仍如常放好音箱，
唱《故乡的云》？训鸽子的好手，
是否仍在桥头，等福娃们来买

苞谷？喂过的玳瑁猫，是否仍
忙着丑萌，忙着想法子过冬？
风景，是否仍能以其荒芜，容纳

世间的遗恨？公园失踪后，便
像一道未知的光，融入下午的
明亮，只剩上回造访时的印象：

“又一次，本地的怨声战胜本地的
悲伤，湖边木椅的正中，新装上
矮硬的隔断。暖阳下无法再躺卧的
瘦子，你看看，多像是眼前，这
枯山水的宇宙里，过劳的卫星。”

去成都

失了白日的参照，那些断山
和再次陈旧的田野，那些迟缓的
好平原，都没入这向南之夜。
暗中，速度似乎正变快，像急于
冲入下个城郊，以便窗映上新区，
以便即逝的灯火，把风景透析。

响起时，列车广播就是揭晓的
骰子：偶尔掷出首酸曲儿，咿呀呀
学唱模棱两可的深情；偶尔摇出些
人间指南，说好吃的，说蜀国。
而车厢的结合地带，太多肺，
太多二手的烟霞，一如小案上

太多胃，太多师傅和麦郎在蒸腾。
五味里，杂陈着手机里北国的短讯：

“初雪后，你姥爷更瘦了……”癌
已到他喉间。说不出祈使句，他痛苦于
如何用手，放去者的身，握来者的心。

花溪

十一月将尽。这地方，雨夜贼冷，
晴天开春，有时便没了季候的实感。
总得狠狠瞅几眼窗外的林木，从大绿里
找出些枯黄，才明白新年近了，才能
开始酝酿口音，等着整一句："大哥大嫂
过年好！"有时贪杯取暖，离魏公村太远
就使我闹心，而闹心使我幼稚，叫要着
哆啦 A 梦的任意门，或是孙姓赛亚人的
瞬移术……第二天，更为坚硬的事实
是还未备好下周的课：
谁从牯岭到了东京，
谁又从沪上重返北平？累哦，距离的组织间
残山重重，对折着宿醉与南北极，于是乎
魏公村的北风（来了！）、初雪（来了吗？）
也布满折耳根的呢喃。你看看我，险些
在辣椒蘸水里窒息……莫怕，你再看
我已爬上手撕豆腐的孤舟。

不如上班打卡、下班撸猫
日日侧身，穿过大学城的窄门，潜入文学院
那沉重的肉身。而缄默，也得做个缄默的扩音器。
你瞧：
它不红，那太血腥；它是夜航船，它是铁锈带。

李海鹏

花溪，花溪(4 首)

作者简介：李海鹏，1990 年生于辽宁省沈阳市，现为南京大学新文学研究中心助理研究员。

游泳馆谣曲

就要结束了。浸在水中
他浑身湿漉漉。

每个傍晚，身体透明一次
走漏心跳的猩红。

一束夕阳照进来，扭动
美人鱼的暮影。

今时不是，南方的泳池
橄榄林低泣的昨日。

水花隐喻的，激荡的肺。
头顶喘息的棕榈。

他沐浴，换干燥的衣服。
水珠从湛蓝逃亡。

终结之事更需回声。晚风
水手，古典的心碎。

昨日还是，南方的岁暮
桂花树今时尚好。

一路无声回顾，气象鱼雷
半空飘流的住处。

结束了。无声再回顾：暴雨
飓风，爱，在经天路……

蚀

1 幻　　灭

菜市场的鲜牛肉，价格不比北京低。
然而这江南城市的肌体更似
一尾鱼。当滑腻的白肚按摩着
长江水，按摩凌晨五点钟的盛夏天色，
是谁独自走下高铁，惺忪中幻听
锈蚀的枪械声与江畔的青年船笛？

人群在南站广场渐次展开。拉长的
形影，将咖啡馆变成贾科梅蒂
战后的画室。隔着玻璃窗远望，
一杯浓硝烟味的饮品被递进绘画上
女子无限纤长的手；沙哑，但是谁，
一个声音高叫着："这不是一杯咖啡！"

2 动　　摇

谁是谁非——午后颠簸的轻轨
对午夜充满梦寐。楼群的
禁欲形状，黯淡的用色，在窗外
萧瑟成蒙娜丽莎身后山水的宿命。

一闪而过？飞驰的视觉中
究竟藏纳了多少攸关的抉择——
狂热，喷涌，仿佛断头者的脖颈；
难道只需一夜，暴雨便后悔，
萎缩成地铁站前泥泞寒心的一潭？

或许这恰是正确。车厢里
读茅盾的青年，理解旧时光的
千重岔路和情欲洪荒，但眼前的
神迹是，烟熏妆女郎在邻座惊奇：

她偷偷读了几秒，扭过头，变回
彼此的静物。从天堂洒下的光
积满她的锁骨。车窗上烫金的
两个心跳。静听银杏树在故园迷狂……
远未到住处，远未到午夜
淬火的站台。

热血提炼寒星，在颠簸中叩问
谁是谁非——毒日狂舞的轻轨
划出两道失明；而无止境的
晚夏钟舌，此刻正秘密摆动秋柳。

3 追　　求

桂花落，晚街上飘荡谁的寂寞？
淡黄色疲惫，轻颤着初秋冷月。
南京郊区的夜，仙林梦着乌鹊，
一道孤影暗自呼唤那时刻经过。

绕满香气，也绕满激励，它像
理想的女教师，从遥远处递来
新的教育。花枝走漏风的醉态，
街道宛如熄灯的教室幽深空旷。

下了课，一种时间被寒露销蚀，
而决心开始的，此刻已经开始。
夺命跑车飞驰过午夜甜香的街。

桂花落，那孤影返回住处。它如
铁犁拒绝生锈，沿路猩红的土壤
翻滚着肺鼠疫、破伤风和梅毒。

花溪，花溪

1

酒醒了，我们就出门
旅馆走廊的天花板暗得生锈
旧地毯的灰尘里，两道人影
交叉、挑动，泄露着隐秘的手
而房间被抛远，仿佛
昨晚夜宴上，遭遇冷落的菜肴

2

夜游魂，谁指引你们闯入清晨？
（天使说，已不惧怕漫游地狱）
颅内水蚀的暗河，钟乳石般
缓慢生长的恶：树顶筛落的光
在灵魂中灼烧出鲜嫩的鳞片
溪水蜿蜒，默读着隐形的醉龙

3

沿着水流疾走，漩涡如顽童
搅乱倒影中幽暗的芙蓉。
石榴握红了此刻，与记忆
公然对拳。曲折的路剪辑着
旧时光，剪辑着花田的新名字
当花径在脚下又一次分叉，我们
该怎样信任自己？

4

我们有多迷恋，它就有多完美。
稍候：餐具和汤锅都在帮忙回忆。
面浸在碱水里，与醉酒人熬过
同一个夏夜。
——是时候了，这味道已经消逝

5

真的谬误：往日的台球厅
已成云贵高原上抹去的地址。
电流在导航地图里搜索
滚动的雷霆。年轻的促销员举着旗

从玉兰树下亡灵般结队走过
天色未暗，是谁引来了晴空骤雨

6

积水的巷子中央，衰老的匠人
修理着残破的锁钥。哦南方
有新生活，而抵达是一座迷宫。
被击出的球如线团，朝着精确移动
而误差，滋养了溪边的花田。
醉酒人的话，早已在破晓前忘掉

林荫道

山无大小，皆有鬼神。

——葛洪《抱朴子》

1

深秋的橡树，在冰凉里搅动深情。
日光嵌入潮湿的冷云。背面
秋月有多盈满，你的心就有多亏空：
衣兜的黑暗里，异国的硬币闪烁出
午夜里乡愁的姿容。
那让你痛苦的，也是天赋，必须愉悦；
时间受着冻，炫耀自己短暂的黄金。
松鼠依然上蹿下跳。而你的脚步声
是否精于计算，当橡叶必须消费严冬时
它枯萎的心率？

2

北美洲的正午，迎面飘来独栋别墅
卡车和金发碧眼。这些还不是
异乡，只是时代的影像。乌鸫重复着
爱伦·坡和现任总统。风在演讲
是谁，正在遇刺——
当擦肩而过的脸从礼貌的笑容中
掏出印第安古老的亡灵？万圣节的
正午，路边的教堂婚礼，南瓜灯
鬼影跳荡。谁，突然喋血——这难道是
秋夜，一个远东的梦境？

3

需要买到一磅好肉，才能复活
橱柜里沉睡的骷髅。枯橡叶席卷
林荫路尽头的地址。小镇的主街
沃尔玛和酒铺陷入周末的疲态。
她，正露出熟睡的娇憨？
精心挑选的食物，随你原路返回，
为了晚间的聚会。厨房将混合
多国的香气；窗外，醉酒的橡树里
是否藏着个时差的倩影？引你返回：

清晨，有人即将醒来。

4

难懂的硬币，在异乡的收银台闪烁：
你猜不出哪一面是死，是时间的
逃亡。嘲鸫冲上云霄，啼叫着，讥讽
虚构的橡树林。你枯索的午后难熬
希区柯克的精神分裂。
不存在的林荫道，无解的林荫道，何处
是通往午夜的岔路？快开上车，装满
火焰，驶向时间的凤凰城：
鬼魂般游荡在凋零里，人是深情；而不是
知音，射杀在异乡的林荫……

苏晗

纪事(3首)

作者简介：苏晗，1994年生于湖北松滋，现求学于北京。写诗，兼事批评。

宅居

我知道，并不只我一个。
蹲踞在砖块的空心，在无边的现实中热烈地
祈祷。还能做些什么呢?
闲书、菜谱、简易的运动，
模拟游戏般捏出整个帝国的轮廓。
山山水水远在人之外，却在角色之内。
谁又能否认，战时规律的鲜果
和难能保持的作息，不是安居的新常态?

虽然只有不多的粮食，通关稍显紧张。
但，尽力后就习惯生死，
正如新辟的房间随造随拆。
再不会有人在远方走动，再不用
担心斑马线上的意外，严重的时刻，尚未结局的恋爱
或革命。再不必困惑一个我
如何安放两个立场：当它们来讨公正的说法，
就一并反锁在门外。这单机的角色扮演，

未来胜负已决，但答案在风中飘。

想哭吗想笑吗？期待知识中的先辈
再来一次彪炳的事件吗？
还不必回答。你曾翻越九十年代校墙，
自由之路尚未荆篱，被荧光屏照亮的小兽，
撒娇的运动主义，你在想念吗？
将军数着遗落的脚趾，失灵时，
便蒙了面往超市，加满限定的血量。
亲爱的，今宵多珍重。
或许罗马并不由你我发明。
这孤独的自我幻觉曾流传廿年，
而今隔离在冷却的阀内，靠速食维持
地老天荒。

纪事：雨

下雨了，在晚上，不会有人听见。
你在宽阔的床板上睡着，起伏的白绸床单，
水手服皱缩，像一位老年船长。
雨慢慢洗净我们的窗户，钴蓝色
反衬着室内的荧光，叫人辨不出方向。
我继承了你全部的经验：
缺乏耐性，却渴望指导航线，每逢触礁，
便挺起微隆的小腹，找地方生气。
近年，你又爱上移湖造景，驾驶小舢板，
漂浮在浓密的仿古建筑中间，
随季风穿过新地产的长廊。
层峦叠嶂，墨黑的树冠招摇，
暗地里，追随长江的腥。
我辨不清了，芃芃其麦，不得不收起
涣散的船帆，把自我降到自我以下，
看人迹、沉淤、东来西往的风烟盛景。

不能让你听见，让你取笑，说我未经风雨，
只抓住些影绰的论题：还要争辩吗？
怎样当一个好儿女，好母亲？
雨声拆除过期的堤岸，这屋子开始胀大、发白，
才发现，内部的积水从不曾退去。
它不是开药方的诺亚，而是鲁滨孙错过的那只。
我在孤帆之外望着，离远了，更看清
这精妙的县城，刚学会填海造陆。
是的，你说的没错，世界习惯变幻，
千禧后更懂得地缘跟人情。
总有人挽起袖子找出路，时而向外时而转内，
无意义的争吵，了不起的分别，
都化在市政公园的蝉鸣和假山里了。
我蹲坐在锯齿的海岸线边，感到无限的自由。
看啊——那些雨，棕色、细小，
正从沉没的窗口爬进来！它们潜入的姿势，
像飞蚁咬在掌根轻微地疼痒，像打游击。

盆景

它将我们投入，两枚空洞的颤音
以额头点地，难言的混沌触发滞闷之声。
我听见墙壁的回响，有人
叩问这方寸之地。而黄狗，
黄狗在更远处吠叫。

松瘦如神。两粒多余的种子，
由西向东归来，落座，并不言语。
风展开手臂，将他们团团围住，使他们拥抱且
亲吻，使叶子纷落如远方来信。
我领会这不错的大义，深明一切只是暂时。

你能想象？神，是某种深幽的气体。
我与你，油松、榆、白柳，因痛苦而蜷曲的
低矮灌木，沉入此瞬息万变的穴道。
它将森林变作沉默的形式，
这隐秘的磁场，因泥土中深深掩埋的

坚硬的极地。

你吹响黄铜的竖笛，荒废的诺亚舟
鼓胀起低音船帆。我闭眼，
大海渺不可见，蒂克皮亚人仍在头顶垂钓[①]，
我听见潋滟的语声，身体，
却仿佛一联失水的屋檐。

树木在奔驰！它们隐秘地颤动，
拒绝一切冷漠而高耸的建筑，甚至
将月亮也视为叛徒："这裸露的吉卜赛女人。"
它将我飞速拧紧，卡入根的榫头。
尔后垂目凝思，注视：我们，两道重叠的阴影。

一切可见与不可见，被投入中心的火焰，
作岁杪的保证书：明日，海水将搬运我们，
连同无知的沙堡。我听见它赶来，
墙外步履轻微，像三份吉祥的礼物。
它伏在耳边：我请求——出逃，带着
变灰的白昼——从寒冷的纬度脱卸！

背对着，让我告诉你这千重宫殿，

---

① 蒂克皮亚人"他只是在向鱼说话，并没有求神赐福……他相信鱼能听到而且爱听他的话，虽然他不能肯定这一点，因为鱼是在深水海底，他看不见鱼的踪迹。他同时又求助于鬼神、祖先和保护神，求他们帮助他把鱼引上来"。

告诉你人们如何裁剪铁路，如何束起
疯狂的历史仿佛垂老之人的扁髻。
此刻，它来访，伴随幻觉的韵律：我皈依。
我蜷缩在落叶组碎的哼鸣中间，感到
你的枝条上斜，有如风暴的穹顶。

诗剧

Poetic drama

铸 剑

(王东东)

作者简介：王东东，1983 年生于河南杞县，现为河南师范大学副教授，任该校华语诗歌研究中心执行主任。曾获北京大学未名诗歌奖、汉江·安康诗歌奖、DJS 诗集奖、诗东西青年批评奖、后天批评奖、徐玉诺诗歌奖、周梦蝶诗奖、《扬子江评论》奖。出版有诗集《空椅子》《云》《忧郁共和国》。《1940 年代的诗歌与民主》获 2014 年北京大学优秀博士学位论文奖、中国台湾地区第四届人文社科思源奖文学类首奖。

一篇剧诗

A Dramatic Poem

眉间尺

晏之敖

楚王

第一场　野外

眉间尺：

在野外，我感到，我并不孤单
总有什么在将我尾随
一个黑暗的、静悄悄的鬼魅，
开始时（我最初感到它）
还知道躲藏，后来干脆
在阳光下大摇大摆，一如太阳
在天空中巡游，落在我的背后。

但它怎么和白昼亲密相处？
如果不是一具腐尸的血肉
深入了大地，我小时看见
它的爱也是这样深入草木
气味强烈得会熏倒路人，
可为何熏倒不了鬼魂？
如果我消失，它就是夜空孤独的月亮。

晏之敖：

不是我。

眉间尺：

春天，它可能对着我的脑后唱
“布谷布谷……”让我失落，
我还没想好成年后的工作
是耕种，还是打猎，看着蝴蝶飞舞？

夏天，它可能是一匹落单的狼
和我半路相遇，对峙着
狼眼看着两边，走走停停，
我可以回家，它可以溜走

秋天，它可能是一只雄鹰
在山谷间盘旋，等待着猎物
偶尔降临我懵懂的童年
它追击兔子，我也会呼喊

冬天，它可能是一头强壮的熊
可是笨拙，背负着远山的影子
我最怕它不过是一只、数只麻雀
在草地上蹦跳，那剑和我将毫无用处。

晏之敖：

不是我。

眉间尺：

在白熊向我拥抱的时候，我要
屏住呼吸装死，还是反抗？
夕阳中的猎人救救我啊
夕阳的箭镞纷纷射来，一片血红

晏之敖：

不是我。

眉间尺：

它若是一个杀手，
为何迟迟不动手？
一直看着我长到十六岁，
它想必已绝望而死，
终于变成了枯藤
以观望的姿势缠住一棵松树

它若是一个朋友，
为何不来打招呼？
拍我的肩，拉我的手
我们一起在野外闲游
两朵云飘在了山岗上
享受和平，偶尔也观望人类的战争

晏之敖（沉默）

第二场　王宫

（不可能的对话）

楚王：

你，我怎样称呼你好呢
看起来你还是小孩
可你执剑扑向我的姿势，
显示了一个成人的决心，
我认识的决心，我的决心，
也是我的剑士的决心。

眉间尺：

是的，你应该庆幸适时醒来
躲过我的一击，虽然
我并不习惯刺杀睡眠者
我甚至不习惯刺杀本身。
这口利剑叫我刺杀你
我也庆幸你适时醒来

楚王：

可你刺杀了我的睡眠，
我一入睡，你就执剑扑来

我惊醒，你的身影消失
我的剑士们可寻不着你
我再次入睡，你就再一次
执剑扑来，你不嫌累我还累……

眉间尺：

这样的循环何时能到头？
每一次我投入刺杀的动作
就断了，但睡着了就做
同样的梦，不知是我梦见了你，
还是你梦见了我，让我们
现实中见吧，我的梦，再见

楚王：

因为你不知道如何收场，孩子
干将莫邪的儿子只是利剑。
你执剑扑向我，让我惊醒
要不是发现这是一个梦，
你早就死了一次，让我醒来吧，
显然你未必能接近我的本质。

第三场　城中

楚王：

让我的人民开道
让我的剑士埋伏
让我的车辇直行
而车辇中是虚空

让车辇中的虚空诱杀
十个替身，十队剑士
十具车辇，十口棺材
让我躲在宫中忍受做梦

眉间尺：

难道我接近不了车辇？
分不清剑士、替身和人民？
人民无臭无味，一如空气？
在车辇中呼吸着死亡？

难道我看不透诱饵？
不认识楚王的胡子？
也不认识雌剑？

难道我只能刺杀楚王的梦？

第四场　山中

眉间尺：
天地搭一个熔炉，锻造着利剑
和万物，太阳是热力的来源

晏之敖：
干将莫邪身形高大，在熔炉前
除了他们，世上没有其他的王

眉间尺：
自然界响彻一片感恩之声
但不包括我，天地间的一个孤儿

眉间尺眼前出现一个幻影

幻影：
火花迸溅洒向大地，当你还只是
一个胚胎，如何能够承受这一切？

眉间尺：

你是谁，为何凝视着我？

幻影：

孩子，我是你的父亲。

眉间尺：

你凝视着我，你和我的母亲，
就好像我是一口
刚刚由你们铸就的利剑
你向我呵了一口气，你的身影好凉
简直要把我冰冻住
你向我呵了一口气，像对一口剑
为何你不关心我是否锐利
我要是无用呢？

幻影：

我怕你过于锐利又不够锐利
二者都让我伤心，正如
怕你是男孩，又怕你是女孩
我不该留下遗言毒害了你。
我不是一个好父亲，
当你还在母腹孕育
就给你留下一口利剑
可唯独没有给你自由

眉间尺：

告诉我，我就是那化不开的铁石，
可我也是父精母血，比那剑宝贵。

另一个幻影：

孩子，你不是悖论，更不是死结
你是生命，自由的生命，人的生命！

眉间尺：

你是谁？

另一个幻影：

孩子，我是你的母亲。

另一个幻影消失

眉间尺（少停，思忖）：

父亲，再次将我铸造吧，把我
铸造成农具，或其他什么！

幻影：

（伸手触碰眉间尺）
忍受着烈火，在全身将要
消融时抚摸自己，发出悲叹
你并不认识自己，那只手

也会惊讶，一个新的自我……

眉间尺：
你又把我当成剑来爱，来吟唱
可不知道一口剑有多么痛苦

幻影：
只把我当成铸剑师，而非父亲
我的儿子，你就不会再有痛苦。

眉间尺：
可为何我感受不到你，父亲？
难道父亲只是一个姓名
拥有命名权，你未见过我
却希望我眉间有一尺长
母亲明明看到我让人失望
还这样叫我，由于我的名字
我将永远遭受世人嘲笑
眉间尺，我的眉间并没有一尺长

幻影：
你的剑匣里有我的灵魂
你背着它，不胜其重
就像我的姓名，在剑上打下印记。
我的姓名，这个国家谁也不想提起

孩子，我想帮你，可我却再也
搬不动这剑，它已吸食你父亲的魂魄
我真怕这剑会害了你
我造出了这剑，可它违背了我。

干将的幻影消失

眉间尺：
还未将我锻造成材，就已远去
这就是父亲，身影在远方浮现。

第五场　剑歌

眉间尺：
剑啊，剑，别让我的忧郁感染你，
让你变得迟钝，如一个瘫子
当你的青色消融于青天，
为何我感到你如此虚幻？

也许父亲本没有将我铸就
母亲未孕育。他们金属的幻影
在我面前狂笑，如酒那样酽
如白云，却发出恶心的锈味

我看着我手中的剑渐渐氧化
像一支红蜡，不小心被吹灭
像一个处女，还未婚配就已夭折
像月亮，渴求我太阳的胸膛

我的剑停在半空，四处
张望，沉思让我的剑枯萎
剑啊，剑，除了你的血脉
还有谁牵引我在风中翱翔？

对一口利剑，我呼唤生命，
我的生命在一口宝剑的剑尖
它锋芒的杯盏将盛放我的血液
让金属的幻影和青天一起痛饮。

眉间尺哭泣

晏之敖：
你的哭泣，多么迷人
连妇人也会嫉妒
天上的星星听了也震颤不止
可别落下来砸坏咱们的老屋

你的哭泣暂时救了你
让一直跟随你的饿狼忏悔

它们正在犹豫，可不久
狼崽的哭泣又会让它们进取

孟姜女哭倒了长城
秦嬴政还照样修建
而且更高，更稳固
准能抵挡她的哭声

从你哭泣的嘴巴长出
一口刺破黑暗的利剑
你不愧是干将莫邪的孩子
你的哭泣声让君王胆寒

眉间尺：
剑啊，剑，没有爱人拥抱你
你如此孤独，在匣中鸣响
纯洁如真理的婴儿，你飞出窗子
挣脱我的怀抱，我只是你的匣子

你幻想在天空飞舞，围绕着月亮
那奇异的矿石也会让人发疯
世界囚禁我，地球的热病，地球
太热了！你飞舞，要向我说什么？

月亮太高了，一如诗人的幻想

我的父亲才没有将它铸造为剑
一块寒冷的生铁，可是自由，洒下
圆满的清光，可会救我出熔炉？

你翱翔，如一只怪鸱发出狂笑声
在寂静的林梢旋转一圈，停歇
在我的嘴边，已孱入我的狂笑
我感到渴，想要亲吻你的嘴唇

可是剑，你来自宇宙。我的父亲
借了神力才让你呈现，你兀自飞鸣
为何你不能再一次劈开混沌？让太阳
升起，驱散这阵让我头脑昏暗的迷雾？

你翱翔，紧紧攥着真理的遗言
一定要染上血污，就让我献祭
先尝一尝我的鲜血。不要将地球
劈为两半，去砍斫月亮上的桂树

晏之敖：
你应该将干将吞下肚子
可是你却吐出了一口利剑
名字和你一样叫眉间尺
我看你不如藏在肚子里

也省得被人看见举报
这年头连生铁都要上缴
但你是一团会走动的活铁
全国的活人也拿你没办法
如果你要在活人身上淬炼。

活人只会祈祷别被你淬炼
不知道你只会拿自己淬炼
你的淬炼到底是成不成功？

你只管痛哭，还要花去
多少无辜的水？江河湖海
见了你都要害怕，像见到盘古：
他两腿之间的东西化成了矿石

这么说，你和你爹倒是一致。
你爹导致你比盘古还要饥渴
这是一个循环，循环不会停止，
直到你把自己淬炼为一口利剑。

你吞吐利剑的能力无人可及
真应该加入一个马戏团
如果我是马戏团老板就收留了你
不怕没饭吃，只要你别去行刺！

眉间尺：

天地搭一个熔炉，锻造宝剑
万物都想要成为利剑，不愿
成为泥土、矿石、火焰、风箱、风
不知道宝剑有多么痛苦！

晏之敖：

万物都想要成为利剑，至坚之物
也存在得最长久，最有道理
为此，你父亲的老师
一对老夫妻跳进了熔炉。

眉间尺：

成为利剑有什么好，当你要不停
刺杀？为何利剑不能杀死它自己？

晏之敖：

当你怀抱利剑，万物都会嫉妒
别跟我说："杀人犯也有权利生存！"

眉间尺：

剑啊，剑，你顺着我的手臂
爬上了肩膀，在那儿翘望
又沿着肩膀爬上了脖颈
你可和我一样从善如流？

晏之敖：

有时候耕种，就有时候收获
有时候铸剑，就有时候刺杀
“以恶制恶”的观念迷惑了你
相信我，杀死杀人犯可并非谋杀！

第六场　头之献礼

眉间尺：

你是谁？

晏之敖：

我是你的幻想。

眉间尺：

你是我的幻想，
我可以继续无视你。

晏之敖：

我是黑暗，也是虚无
我是手段，也是虚无
我是利剑，也是虚无
我是头颅，也是虚无。

眉间尺：

你是虚无，
那么你也是幸福。
我是否定，
徒然的一个否定。

晏之敖：

不，我是手段，
可我没有目的。
我是否定，
徒然的一个否定。

眉间尺：

我是目的，
可我没有手段。
我是否定，
徒然的一个否定。

晏之敖：

让我们拥抱，像爱人那样热情
互通有无，成为对世界的肯定

眉间尺：

可是，为何？

晏之敖：

因为目的本身让人幸福
你，也是你自己的手段

眉间尺：

我不明白。

晏之敖：

你不明白一个刺客的苦恼
当我无目的地在王城闲逛
悬赏你的告示映入我的眼帘
你的头颅的价值吸引了我

眉间尺：

那么你来取它吗？

晏之敖：

是，又不是，我能代替你
刺王。我也修习过屠龙术

眉间尺：

可是为何？

晏之敖：

因为我是手段，是绝对的虚无

我需要你的目的反抗我的虚无

因为我憎恶我自己，瞧，我的身上
都是创伤，我只能在夜里露面

我是一团黑，我的肤色比黑夜更黑
你是一团红，海棠花照亮了黑夜

眉间尺：
那么我如何感谢你？

晏之敖：
用你的头来酬劳我
这漂亮的琥珀，
对于你反正无用。

孩子，别陷入精神分析
那是傻瓜的玩意
只有行动，行动能拯救你。

眉间尺：
我早知道如此。

晏之敖：
你是诗人，也是哲学家

我是杀手,也是刺客
这是我们的不同。

孩子,你就是我的目的
当你成为手段,
我会为你保留目的。

你就是我,我就是你。
让我们合一,让手段和目的
合一,让我们获得双倍的幸福

眉间尺:
我将给你我的头,我的幻想
从此你是我的幻想,我的头。

我一手持剑,一手按住头,
慢慢地割下我的头

颈子里血液喷溅,好畅快啊
像恋人,听见泉水在夜里流动

才知道无论怎样的利剑
对于人的皮肤还是迟钝

现在好了。

（眉间尺一手持剑，慢慢将自己的头割下，双手捧着头交给晏之敖，晏之敖满意地接过来。眉间尺的身子僵住立在那儿）

眉间尺：

你不要骗我！

晏之敖：

我以生命立誓。

眉间尺（声音不是从舞台上，而是从观众席的后方发出）：

你的话好似春风融化了我。

眉间尺的身体仆倒在地。

晏之敖：

孩子，你疯了，可我要说
你比世上的人都要理智

孩子，你在这场悲剧里
呼唤人性，混淆了体裁

第七场　湖

眉间尺的头：

黑衣人，你来到我的面前
假装成一个鬼魂，月亮知道
你在长空飞行了多远？

我看不清你的脸，但感觉
你怀揣一个燃烧的火球照亮我
那可是太阳，渐渐升起的太阳？

晏之敖：

一个诗人的头，
被我抱在怀里
你死了还不忘抒情。

一个哲学家的头
被我抱在怀里
你死了还不忘思想。

眉间尺的头：

黑衣人，我听到你一声叹嘘，

芦苇在风中摇晃
让我产生亲近的愿望

黑衣人，我听到你一声叹嘘，
月亮在风中摇晃，
你身影飘飘，长铗归来乎

黑衣人，我听到你一声叹嘘，
随着你一声叹嘘
万物口中发出神秘的叹嘘

黑衣人，我听到一声神秘的叹嘘，
一声叹嘘幻化出了你我
我感到我们是如此亲密。

晏之敖：
你死了还如此啰嗦。
你并不是在魔鬼的背上飞行
咱们国家没那东西
现在给我闭嘴，我要休息。
你真是我的累赘，
一个自动的诗歌吟唱器，一个
哲学思考的机器，类似永动机，
让我的头脑比身体更找不着北。

不过割了头之后你应该舒服多了！

批评
Criticism

当代性与新诗主体的经验问题[①]（冯强）

作者简介：冯强，1982 年生于山东胶州，先后毕业于山东师范大学、海南大学和北京师范大学，现为广西师范大学文学院副教授，硕士生导师，主要研究诗歌和写作。

"当代性"（contemporariness）常常跟现代性（modernity）与后现代性（postmodernity）话题纠缠在一起。赵汀阳认为，"当代性的问题化是以现代性为条件和语境的"，"假如未曾有建构了主体性的现代性，也无反思当代性的机缘"[②]。现代性至今是新诗研究的主流话语，为包括新诗诗学在内的中国文学研究提供了开阔和深入的话语场地，其成就有目共睹。中国的语境下也产生并且正在产生很多优秀著作，比如龙泉明《中国新诗的现代性》（2005）、江弱水《古典诗的现代性》（2010）、王珂《新诗现代性建设研究》（2015）、陈太胜《声音、翻译和新旧之争——中国新诗的现代性之路》（2016）。本文对当代性的理解与诸位同仁对现代性的理解有不少重叠之处，但仍然认为现代性本身带有分裂

① 本文发表于《文化与诗学》2019 年 12 月刊。
② 赵汀阳：《四种分叉》，华东师范大学出版社 2017 年版，第 24 页。

的两可性，它造成了话语场地的混乱，甚至截然对立的事物都能在现代性中找到各自的位置，以至于出现“反现代性的现代性”和“审美现代性和社会现代性的对峙”这样极端分裂的描述。

“现代性”话语继承自柏拉图以来的西方文化二元论(dualism)传统。为了规避生活和经验的不确定性，以柏拉图为代表的古希腊哲学家人为地划分出不变的、确定的理念世界和变动的、不确定的现象世界，在静观的认知活动中寻求完全的确定性，自此，主客二分的二元论的思维范式在西方文化中确立下来。行动低于知识、实践低于理论、经验低于超验，西方近代的唯理论和经验论都不脱此窠臼。现代性就是二元论思维的最大后果。这一后果在现代诗歌中的体现是诗歌和社会生活的对立，诗歌和社会生活连续性的打破。“现代性”作为超验的激情和批判的激情持续生产着二元对立的游戏，消解了诗歌与生活的对立，却并不能解决这一对立。

“当代性”的提出就是为了解决(至少聚焦)这一本体问题。在约翰·杜威看来，“经验”概念是西方传统文化根本矛盾所在，二元论下的经验观和二元论主导下的现代性危机实际上是同一事件的两种不同表达，要清除二元论思维范式造成的诗歌与社会生活经验的分裂状态，就需要跳开西方现代认识论重新理解“经验”：经验同时包括被动和主动的因素，两者以特有的节奏结合在一起，它不仅是过去的所与(given)，更是变更所与的努力，本质上实验的(experimental)未来；经验虽然以个体自由为开端，原子式的孤独个体却不构成真正的经验，经验本质上是共属的，朝向“相对更好的共同生活”。经验基于个体自由而朝向未来和共属。“当代性”与其说是效仿“现代性”提出的一套理论话语，不如说是一种新经验论的尝试，其目的，恰恰在于使新诗研究突破“现代性”或“反现代性”的既有框架，在现代中国文化、政治、社会等多重维度中重构一种总体视野。

一、西方现代诗歌的两个极端：客体批判和主体批判

“现代性是属于一个特定时代即‘现代’的特定性质，通常认为是大约始于500年前至今的时期。现代性是以主权个人和主权国家为基本存在单位而开展的一整套生活和生产方式。”[①]作为现代性的两个主要成分，现代认识论支撑下的主权个人和现代政治哲学支撑下的主权国家携手并行，都认为心灵的理性力量应当被理解为统治（自治）的基础，这是一种统治意志或权力意志的理性运用。沃尔夫冈·韦尔施认为“后现代”就是“在适当的意义上确定当代”、诊断“当代”，而“后现代”所能从“现代”汲取的主要经验是对“极权化”的警觉，“现代一方面向多元化推进，但另一方面又总倾向于恢复极权化——恢复意识形态，审美和政治领域里的极权化”。[②] 现代性承诺的纯粹理性的主权国家始终携带着极权化的统一乌托邦（利维坦），主权个人也倾向于通过主体或客体批判而极权化地占有自身和客体。虽然极权在20世纪已经制造了异常恐怖的历史创伤，但对极权化逻辑的否定和斗争仍未成为人们的共识和原则。这是主权个人将理性窄化为工具理性的结果，是理性和经验萎缩的结果。

胡戈·弗里德里希的《现代诗歌的结构：19世纪中期至20

---

① 赵汀阳：《四种分叉》，华东师范大学出版社2017年版，第24—25页。

② 沃尔夫冈·韦尔施：《我们的后现代的现代》，洪天富译，商务印书馆2004年版，第276页。

世纪中期的抒情诗》(1956)和奥克塔维奥·帕斯的《泥淖之子：现代诗歌从浪漫主义到先锋派》(1978)可以为我们勾勒出浪漫主义以来西方现代诗歌的两个极端线索，即客体批判和主体批判，两者都诞生于对他性(otherness)的理性寻求，最终却为极权所笼。前者以“超验的激情”摧毁了现实生活；后者以“批判的激情”摧毁了主体的判断力。当代性的诗歌需要从两个极端的张力中诞生出来。

“超验的激情”是因现代性而起的神秘性，在力度最强的比如兰波的诗歌中，现代诗歌以灵魂附体或巫的方式呈现[①]，但是因为“超验”已经不能简单地被信仰、哲学或神话填充，就注定了它的空洞性，空洞的超验性最终只能通过粉碎一切现实来展示，“被摧毁的现实构成一种混沌的符号，标示出现实的匮乏性和‘陌生处’的无法抵达”，弗里德里希称之为“现代性的辩证法”，“现代性的基本经验——追求超验的激情落空的经验，不谐和的经验，分裂的经验”[②]。现实和客观必须被摧毁，以便将其提升为与经验世界无涉而彻底地在语言中在场的绝对本质，语言的地位急遽提升，因为现代诗歌借助语言才能进入这种脱离了一切现实秩序的相互关联。现代诗歌“成为让绝对存在和语言可以相遇的唯一场所”，这是带有理想性质的虚无主义，“可以理解为

① 胡戈·弗里德里希：《现代诗歌的结构：19世纪中期至20世纪中期的抒情诗》，李双志译，译林出版社2010年版，第35、49页；这一点我们也可以在“第三代诗人”于坚和某些少数民族诗歌中看到，于坚等诗人在新世纪的“向后转”现象至今值得重视，因为20世纪80年代以来的“民间写作”已经具备了比较充分的当代性，于坚的转向是否从当代性退回到现代性，需要考虑。

② 胡戈·弗里德里希：《现代诗歌的结构：19世纪中期至20世纪中期的抒情诗》，李双志译，译林出版社2010年版，第63、109页。

一个清除一切既存物以享受自己的创造自由的精神造成的后果”[1]。经验自我在此与诗歌主体彻底分离，语言被凸显，客体批判路径上的现代诗歌走向去人性化的境地。

主体批判路径凸显的是时间。帕斯和弗里德里希一样认为现代诗歌起于浪漫主义，但他看到了现代性不同于超验激情的另一面向，批判的激情（critical passion），两者都是一种分裂的不和谐经验。在帕斯看来，现代性作为“批判自身的传统”是一种怪异的“现代传统”，这种“间断性的传统”是创造性的自我毁灭：“一种对最近的过去的批判，一种连续性的中止。”[2]近者必诛。现代性是对时间的非连续性的自觉意识。现代性总是以未来甚至古代反对当下的传统。现代传统并不否弃古代，只要古代能够用以反对当下。“现代诗歌的基石是变化的理念，而非变化本身。”[3]为变化而变化，为未来而未来，这是一个命令而非一个陈述：明天的诗歌必须和今天不同。现代性逼促的批判激情越来越指向主体自身，诗人对某物的“看”并非中立而是一项权力，看（seeing）和欲（desiring）是同一个活动的两面，对艺术作品的欣赏和窥阴癖没有什么不同。看和欲、美学和伦理之间的悖论使

---

① 胡戈·弗里德里希：《现代诗歌的结构：19 世纪中期至 20 世纪中期的抒情诗》，李双志译，译林出版社 2010 年版，第 82、112 页。

② 奥克塔维奥·帕斯：《泥淖之子：现代诗歌从浪漫主义到先锋派（扩充版）》，陈东飚译，广西人民出版社 2018 年版，第 8 页；“批判性的”表示最初的纯真已经失去，它是自我反思、怀疑和内省的开端，参雷蒙·潘尼卡《看不见的和谐》，王志成、思竹译，江苏人民出版社 2001 年版，第 295 页；亨克尔将浪漫主义概括为“现代性的第一次自我批判”，参维塞尔《马克思与浪漫派的反讽：论马克思主义神话诗学的本源》，陈开华译，华东师范大学出版社 2008 年版，第 19 页。

③ 奥克塔维奥·帕斯：《泥淖之子：现代诗歌从浪漫主义到先锋派（扩充版）》，陈东飚译，广西人民出版社 2018 年版，第 228 页。

先锋派日益将浪漫反讽变成“元反讽”（meta-irony）这样一个“非解决的解决”：“元反讽将客体从它们的时间重负之下，将符号从它们的意义之下解放出来；它将对立置于流转之中；它是一种普遍的活力，在其中万物都转回到自身的反面。”[①]现代诗歌隐秘的主题就是与社会生活不协调的感受和认知，最终，它连接社会生活的企图失败了。胡戈·冯·霍夫曼斯塔尔曾以“分析生活和逃避生活”来归纳现代性的特征[②]，当批判和分析自身成了创造性的真理，而不再关心辨清自身的责任，当反叛成了逃避死亡的程序，时间和经验就不再是一种建设，我们就不能在当下诗学的基础上建立新的伦理和政治。

“超验的激情”和“批判的激情”是西方现代诗歌的两个极端线索，它们分别从语言和时间的角度提示了现代诗歌的危机。对客体和主体的批判、对客体和主体中潜藏的他性的寻求因为其中隐含的极化逻辑而走向绝境。但现代诗歌的现代性却是暧昧的，甚至隐含了摆脱现代性的可能：自 18 世纪末浪漫主义以来，现代诗歌恰恰开始于对现代性的批判，作为批判的批判，它“在一个既先于又对立于现代性的原则上寻找它的基础”[③]，这个基础就是“朝向当下的回归”，当下（present）取代未来成为时间

---

① 奥克塔维奥·帕斯：《泥淖之子：现代诗歌从浪漫主义到先锋派（扩充版）》，陈东飚译，广西人民出版社 2018 年版，第 159 页；切斯拉夫·米沃什认为“现代性意味着迫切渴望从物体中得到最新发现的元素”，致使“西方诗歌最近在主观性这条路上陷得太深了，以至于不再承认物体的本性”。参《反对不能理解的诗歌》，程一身译，《上海文化》2011 年 9 期。

② 袁可嘉等编选：《现代主义文学研究（上册）》，中国社会科学出版社 1989 年版，第 42 页。

③ 奥克塔维奥·帕斯：《泥淖之子：现代诗歌从浪漫主义到先锋派（扩充版）》，陈东飚译，广西人民出版社 2018 年版，第 50 页。

三元体的中心价值，过去和未来所有的时间都向着当下时间汇合，身体成为通往当下的通道，身体的“复活”被认为是人类恢复所失智慧的一个征兆，这是身体和想象力对未来的反叛[①]。同样，去现实化的语言带来的“空洞的超验性”其实也暗示了现代诗人对整全生活的渴望[②]，这种渴望不应以切断诗歌经验和生活经验连续性的代价来实现，也不能通过将诗歌驱逐出生活或将生活驱逐出诗歌来实现，不能试图摆脱时间与语言的偶然性来实现，整全生活是连续的，世界和经验是同时出现的，时间和语言是相互到场的，诗歌经验和生活经验之间应该带有可实验、可改造的交互性。

现代诗歌通过对当下、身体和想象力的打捞已经暗中铺修了通往当代性的浮桥。现代性以中止连续性来连续自身，当代性则坦然恢复了时间和经验的连续性，并以交互性取代了对连续性的中止。不是后现代主义所批判的极权化的、封闭的连续性，而是个体基于自由和平等向共同体而生的星丛式的、开放的连续性和交互性。对于共同体来说，这是一个永远不可能完成但又必须指涉的经验，个体就在共同体经验的各个方向上纵横交错地穿行（道行之而成）。在著名的《传统与个人才能》（1917）中，T.S.艾略特强调传统不是原封不动地保持某种东

---

① 奥克塔维奥·帕斯：《泥淖之子：现代诗歌从浪漫主义到先锋派（扩充版）》，陈东飚译，广西人民出版社2018年版，第226—227页；于坚甚至将文学史简化为“有身体的写作和没有身体的写作”（参于坚、谢有顺《于坚谢有顺对话录》，苏州大学出版社2003年版，第180页），并将身体的经验和感觉视为“道”的依托（参于坚《还乡的可能性》，商务印书馆2013年版，第176—178页）。

② 胡戈·弗里德里希：《现代诗歌的结构：19世纪中期至20世纪中期的抒情诗》，李双志译，译林出版社2010年版，第19页。

西，而是必须重新表达，必须通过艰苦劳动才能获得，他把“传统”界定为“从荷马开始的全部欧洲文学”“构成一个同时存在的整体，组成一个同时存在的体系”①。艾略特寥寥几句话已经把经验的连续性问题论述得足够清晰，不止如此，他也论述了经验的交互性问题（“诗歌把一大群经验集中起来”）。艾略特天才地看到当代性诗歌的非个人性格，一种基于个体自由并朝向共同体的共属意向。遗憾的是，艾略特的论述仍然存有现代性二元论逻辑的残余，他把作为经验的“感情和感受”与作为理性的“头脑”对立起来，没有意识到不存在经验以外和以上的理性，因此即便他看到“诗歌是有意义的感情的表现”，却坚持认为“这种感情只活在诗里，而不存在于诗人的经历中”②。

“凡经验皆包括知、情、意三方面”，意义为经验蒙上光晕，主体作为经验的中心则是小小的发光体③。艾略特只是在文本中接近了当代性，更充分的当代性必须有更大的企图：把文本和生活关联到一起。这正是浪漫主义以来现代诗歌的隐秘主题，也是现代诗歌从未解决的问题。艾略特坚持发生在欣赏艺术品的人身上的经验在性质上不同于任何非艺术的经验，但当代性的新经验论要求“恢复作为艺术品的经验的精致与强烈的形式，与普遍承认的构成经验的日常事件、活动，以及苦难之间的连续性”④。时间和经验的连续性也是其实在性，它不仅可以在同时

① T.S.艾略特：《艾略特文学论文集》，李赋宁译，百花洲文艺出版社 1994 年版，第 2 页。

② 同上书，第 10—11 页。

③ 赵卫民：《美丽的瞬息》，李白出版社 1986 年版，第 180、185 页。

④ 约翰·杜威：《艺术即经验》，高建平译，商务印书馆 2010 年版，第 4 页。

代人之间相互传递，也可以在生者与死者之间传递，像艾略特一样，这里的“共同体”囊括了先贤和亡灵。新诗一方面需要对经验进行批判性的分析工作，另一方面又需要担负起经验的改造和重建，恢复曾经被切裂的诗歌经验与社会生活经验之间的连续性。

二、当代性的古典诗学传统：“仁”，主体人格尺度的恢复

能承担起世界和诗人之间连续性的，是成熟完整主体人格，是新诗的自传经验。当代性保留的主体不是二元论意义上把自身作为标准强加到客体之上的主体，而只是作为经验中心，一个连接、翻耕有机体和环境之间的行动媒介。当代性诗歌可以逃避情感乃至个性，却并不逃避主体人格。相较于艾略特文本层面的拘囿，米歇尔·福柯把“当代性”向着个人生活做出进一步的扩展，这种扩展同样是在“现代性”的语境中进行的。如果我们视“批判”为“对界限的分析与反思”，“现代性”就不再是一段历史时期而更多被视为一种针对当下的界限经验、态度和实践：“不是摧毁现在，而是通过把握现在自身的状态，来改变现在”，福柯称之为“现代性修行”。他扭转了伊曼努尔·康德的命题：“把以必然性界限形式展开的批判，转化为以某种可能性逾越形式出现的实践批判。”[①]在他看来，“批判是不被统治到如此程度的艺术”[②]，批判是艺术，是在强加到自身的界限之外通过克己将自己的身体、行为、感觉、情绪乃至生存本身变成一件艺术品。

① 米歇尔·福柯：《什么是启蒙?》，李康译，《国外社会科学》1997年6期。

② 米歇尔·福柯：《什么是批判》，汪民安编，严泽胜译，北京大学出版社2016年版，第174页。

福柯提及夏尔·波德莱尔笔下“浪荡子(dandysme)”，考虑到资本主义求新求异体制强大的吸纳力，这一范例在今天可能已经失效。相较现代普遍理性意义上的伦理，福柯终究恢复了古代生活中作为气质(ethos)的伦理和自由——避免了现代诗歌元反讽美学和伦理的悖论，也避免了现代诗歌对空洞超验性的空洞追求——这是主权国家中超出臣民伦理和自由的公民之伦理和自由，不是作为某种行为规范强加给所有人，而只是少数人的个人选择，是超出普遍理性能力的卓越。这样的艺术不仅仅与物相关，它面临了塑造个人生活的义务。

借助福柯，我们也来到徐复观所说的“儒家精神的全部构造”，即“修己与治人的关连及其区分”：儒家以“仁”为人生最高标准，但只能用来修己，若以此治人，强求人人成圣成贤，势必酿成以理杀人，新诗史对此绝不陌生；但若以治人标准律己，则误会儒家精神仍停顿于自然生命，而将其修己以“立人极”的工夫完全抹杀[①]。“当代性”意味着一种对自身卓越的期许。对已经丧失了统治他人的权力、且为极权所宰制的大陆当代诗人来说，我们吁求却绝无权强制他们在修己中进一步修通(work through)现代性至当代性的屏障，即现代诗歌传统中日益分裂的去人性化趋势。

如果说“人的分裂性是现代性最突出的特点”，那么现代人就普遍面临了“自由的危机”，按照沃尔夫冈·顾彬的看法，“只有传统能够帮助他克服它的分裂性格。传统才会把人看成一个整体”[②]。敬文东提出了类似的问题，“诗人的心性是否必须与诗

---

① 徐复观：《徐复观文集》(二卷)，李维武编，湖北人民出版社2009年版，第48—51页。

② 戴维娜主编：《光年》(创刊号)，海天出版社2017年版，第257页。

保持某种一致性(或称同一性)”? 新诗能否同时保持心性完整而非分裂? 能否避免以各种现代面具冒充真实的心性?[①] 翁文娴以“情”作为“东方文明终极的美学指标”,这种并非一己私心的大情“令世界自分析分裂之状态回到一个整体”[②]。在经历了经验的分裂以及对界限本身的经验之后,以现代性为语境,当代性诗歌需要回到杜威所说的“一个经验(an experience)”。能将相互冲突的经验碎片做进一步的择取和改造,并在不断触及外部世界的同时朝向一个能够层层内转向上之经验的,唯有一个人的主体人格。“心性”或“情”都是中国古典诗学传统的落实,本文另辟一径,尝试以“仁”释之。

“仁”在这里不再是一个纯粹伦理问题,而首先是一个美学问题。作为直觉形式的时间和空间首先是一个审美框架,故而伦理日益成为美学的一个分支,审美自身带有具足的伦理潜质,约瑟夫·布罗茨基所谓“美学乃伦理之母”。现代性的遗产之一是“认识论审美化”,在其中,“真理已经表明自身就是一个审美范畴”。[③]《论语·雍也》“能近取譬,可谓仁之方也已”,求仁的方法蕴藏在切

---

① 敬文东:《心性与诗——以西渡的〈杜甫〉〈苏轼〉为例》,“两岸四地”第九届当代诗学论坛“百年新诗:历史变迁与空间共生学术研讨会”会议论文集,2017 年 6 月 30 日,北京师范大学国际写作中心、中国当代文学研究会、《文艺争鸣》杂志合办。

② 翁文娴:《变形诗学》,北京大学出版社 2013 年版,第 334 页。

③ 沃尔夫冈·韦尔施:《重构美学》,张岩冰、陆扬译,上海译文出版社 2006 年版,第 32 页;“审美转向”是多层面的,既有资本社会靠刺激消费拉动的日常生活表层的审美化,也有更深层的技术和传媒带来的物质和社会现实的审美化,以及深入我们生活实践态度和道德方向的审美化,认识论的审美化则负责辨别审美化不同形式之间的关联,并在恰当的情境机缘中做出决断,这种决断包括了对低层次审美的自觉阻隔,因为“我们的知觉不光需要活力和刺激,同样也需要延宕和宁静的领地,也需要间断。”同上书,第 33—34 页;另参冯强:《气化主体及其当代性:任洪渊诗学的一个可能》,《北方论丛》2017 年 6 期。

近的经验中，“近”是时空上的此时此地，“取譬”更是以审美的方式反身而诚。“夫仁者，己欲立而立人，己欲达而达人”（《论语·雍也》），孔子开辟的主体不是现代性意义上孤独的主权个人，是仁——这也许是中国文化能济西方之穷者——“主体应该不是‘我’而是‘我们’。用中国的话说，是主宰性与涵融性同时呈现，个性与群性同时呈现”[①]。个性与群性相映相生，个性的充实也意味着群性的充实，为仁的工夫可将仁推扩为民胞物与的爱。“仁”不是给定的东西，作为人我（物）兼摄的过程性主体，仁无止境，孔夫子也不敢说自己洞彻了仁的全部（仁则吾不知也《论语·宪问》），不敢以全体之仁自居（若圣与仁，则吾岂敢《论语·述而》），夫子肯定的是仁的当下即是（仁远乎哉？我欲仁，斯仁至矣《论语·述而》），并且自信着力于仁的工夫（君子无终食之间违仁，造次必于是，颠沛必于是《论语·里仁》）。这就是儒家即工夫即本体的经验论，也是我们尝试以现代性为语境谈论的当代性的新经验论。

德英浪漫主义直至法国象征主义都曾将“类比（analogy）”视为统治宇宙和诗歌的富于激情而正义的原理。宇宙是一种语言、一种经文，诗歌则是它的副本，这是波德莱尔两个根深蒂固的理念之一，“事物始终是通过相互的类比来表达自己的，自从上帝道出了作为一个不可分割而又复杂的整体的世界那一天开始”；另一个则是，如果宇宙是一种加密的语言，那么诗人只能作为译者和解密者存在，如果每一首诗都是宇宙的一个密码，类比就是无穷的。这样，一首诗的真正作者就既不是诗人也不是读

① 徐复观：《徐复观文集》（一卷），李维武编，湖北人民出版社2009年版，第127页。

者，而是语言，诗人和读者不过语言的两个时刻。“类比并不意味着世界的统一，而是它的多元性，不是人的同一性，而是他与自身的永久分裂。”[①]帕斯比较了波德莱尔的《对应》和阿利盖利·但丁《天堂》最后的诗章，指出类比于波德莱尔只是一种词语运作而于但丁则有其本体论根基——上帝——提供了现代性之外的选择，即从信仰而非自然态度把握诗歌，在深渊里我看到一切/被爱装订成为一册/汇聚宇宙间飞散的书页；/实体、偶然和它们的习惯/几乎融合为一，如此这般/我所述只是简单的一线光明。相比之下，波德莱尔只能在自然的迷宫中看到“时时释放出迷乱的词语”[②]。借用尼采的话，“上帝死了”，人甚至无力继续指望自己。

中国传统文化不依赖于道说出宇宙的上帝，而是依赖自本自根的人格。同样是宇宙和语言的关系，中国文化以圣人的主体人格取代了上帝的同一性结构：“道沿圣以垂文，圣因文而明道”（刘勰《文心雕龙·原道》）；同样是类比，“近取譬”的“仁者”“以天地万物为一体”（《二程遗书》）。但西方文化充沛的反思能力让尼采和波德莱尔的后代有充分的自我纠正机会。德国思想家海因里希·罗姆巴赫认为“当代的伟大任务”“不仅仅是扩展到一个统一的人类意识，而且扩展到一种统一的万物意识。‘我们’，它所指的并不仅仅是我们人，根本上乃是指我们这些生活之物。动物和植物，大地以及元素以及一切所是，全部属于其

---

① 奥克塔维奥·帕斯：《泥淖之子：现代诗歌从浪漫主义到先锋派（扩充版）》，陈东飚译，广西人民出版社2018年版，第101—103页。

② 参海子《黎明（之一）》“我空荡荡的大地和天空/是上卷和下卷合成一本/的圣书，是我重又劈开的肢体/流着雨雪，泪水在二月”，“重又劈开”指示了经验主体与“荒凉”天地的不能共属。

中。而这一点不能仅仅‘被意识到’，而是必须被体验并被激活，并且只有当人在不同层次中达到并体验过所有这些、将它们与自身关联并且带入其最自身的自我性构造过程中时，人才真正是人性的。”[①]这种用分析的语言指涉的整全同样道出了“仁”的本性：备于天地之美(《庄子·天下》)。

“这是最公平的，也是最残酷和最难的，它区别出了历史上一切诗人的根本分野：一切平常的诗人，都只是用手、用纸和笔来完成他们的作品的；而伟大和重要的诗人则是‘身体写作’——是用他的生命和人格实践来完成写作的。”[②]这里的“身体写作”不仅要求精确地传达个体的身体感受，而且是人格意义上身体力行的身体化和自我结构化过程：工夫即本体的经验在日常生活环境中进行辨认、择取、合并和吸收，它在仁之本体的各个次第和层次中持续而交叉地呈现，会归为天地万物一体的整体审美和伦理感受，一种治身修己过程中求仁得仁的气象。

三、当代性的现代诗学传统：基于个体自由的、批判性的共属

主权个人和主权国家是现代性的两个基本存在单位。李泽厚在《启蒙与救亡的双重变奏》中围绕两者有一个著名判断，即启蒙与救亡从五四运动时期的“相互促进”到之后的“救亡压倒启蒙”[③]，后来汪晖提出的“反现代的现代性”同样与两者相关[④]。

---

① 海因里希·罗姆巴赫：《作为生活结构的世界：结构存在论的问题和解答》，上海书店出版社 2009 年版，王俊译，第 105 页。

② 张清华：《猜测上帝的诗学》，北京大学出版社 2010 年版，序。

③ 李泽厚：《中国现代思想史论》，东方出版社 1987 年版。

④ 汪晖：《当代中国的思想状况与现代性问题》，《天涯》1997 年 5 期，《文艺争鸣》1998 年 6 期发表该文“增订版”。

以此出发，我们首先面临了一个西方现代诗歌自浪漫主义以来已经逐渐解决了的现代性问题，即文学是否有资格获得一个独立场域以回避干扰的问题。当代文学历史上，主要有两种看法。一个是"'当代性'的最高体现，在于文学的体制化。从历史上看，并不缺乏政治对于文学的干预、约束或治理这一类现象，例如在中国古代就有对于戏曲小说的禁毁。但是，政治对文学的管理达到制度化、常态化、组织化，确确实实仅见于当代文学"。[①] 这显然遵循了毛泽东40年代初的设计，即"当代文学"(50年代后期作为重要范畴提出)是克服了现代文学之"新民主主义"性质的社会主义新文学，用以在时间和性质上标明现阶段和未来文学与过去文学之不同。另一个则承认当代文学的审美独立和"纯文学"地位，譬如90年代初赵毅衡从社会文化功能出发区分出"二种当代文学"，即20世纪中国文学大部分时期的服务于主流社会运转的当代文学，"服务于政治运动，寓教于乐，制造典型"，以及社会市场化时代有着独立审美规律的另一种"当代文学"[②]。

具体说，这一问题主要体现在当代性归属于现实主义还是浪漫主义的争执中。1984年，王东明在《关于文学的当代性的思考》中把"当代性"概念的提出归结于别林斯基，将"当代性"的胚芽追踪至19世纪批判现实主义传统，"恢复现实主义传统"成为践行"当代性"的最根本前提，隐含着文学工具论的"文学干预生活"口号具备了相当的合法化，"当代性"成了统摄全

① 刘艳：《重新理解当代文学之"当代性"》，《创作与评论》2011年2期。

② 赵毅衡：《二种当代文学》，《文艺争鸣》1992年6期。

局的总体意识的当下延伸[1]；李庆西的《文学的当代性及其审美思辨特点》则明确给出了反题，反对“把19世纪的批判现实主义作为当代性思想的滥觞”，反而向前追溯到浪漫主义话语，把“当代性”视为主体范畴而绝非对现实生活的被动反映，艺术个性成为当代性实践的基点[2]。巧合的是，如果我们以“（同）时代性”作为 contemporariness 的概念星丛，会发现早在20世纪20年代它就以浪漫主义和现实主义之争的面貌出现，郭沫若《文学与革命》则将文学视为革命（时代精神）的函数，并判决第三阶级市民的浪漫主义文学因“精神上是个人主义自由主义”而“早已成为反革命的文学”，因此对浪漫主义的文艺“要采取一种彻底反抗的态度”（1926）[3]，茅盾《读〈倪焕之〉》则以“集团”和“必然”界定“时代性”，着力于“怎样地由于人们的集团的活动而及早实现了历史的必然”（1929）[4]。近百年后，陈晓明认为中国文学的“当代性”实质上仍是一个“无法终结的现代性”问题，他以审美现代性和激进的政治社会现代性区分对应浪漫主义和现实主义，认为“在较长的时段里，所有的文学问题都必须归结到现实主义名下讨论才是正当的”，而“中国没有经历一个与个体生命经验结合在一起的漫长的浪漫主义阶段，这看起来是中国的现代性最致命的软肋”，因

① 王东明：《关于文学的当代性的思考》，《文学评论》1984年1期。

② 李庆西：《文学的当代性及其审美思辨特点》，《文学评论》1984年4期。

③ 中国社会科学院文学研究所现代文学研究室编：《“革命文学”论争资料选编》（上），人民文学出版社1981年版，第9—12页。

④ 《中国新文学大系1927—1937》第一集文学理论集一，上海文艺出版社1987年版，第781—782页。

此，中国当代文化迟早“要补上现代早期被压抑的浪漫主义文化”①。

回顾欧洲的启蒙运动，个体自由与共同体团结曾经并行不悖，康德就念兹在兹于“大地上以社会相结合并划分为各个民族的人类的全体”②。至今，罗姆巴赫更是认为“每个自我构造都必须内在于一个始终在扩展的活的身体中才能实现，社会构造中的情形也类似。人们从来都不是只处身于一个‘我们’之中，而是处身于分了等级的众多的‘我们体’之中，就像它们通过那些概念，如家庭、企业、种族、民族、人类等等被定义的一样。迈向每个更宽广的‘我们’的步骤并不会取消那个较为狭隘的‘我们’”③。但实际上，自启蒙运动起，主权个人和主权国家之间的争执就未停止，它们集中体现于18世纪以来的历次革命当中。鉴于历史创伤和韦尔施对现代性极权化的警觉，本文认同劳伦斯·E.卡洪“所有现代性的本质”是“把一切委诸个

---

① 陈晓明：《世界性、浪漫主义与中国小说的道路》，《文艺争鸣》2010年12期；《无法终结的现代性——关于中国文学的“当代性”的思考》，《学术月刊》2016年8期；雅克·巴尊反对将浪漫主义等同于对中世纪的回归或对异国情调的喜爱，也反对将其与非理性主义、感伤主义、个人主义或者任何集体主义画等号，他指出浪漫主义有一个“创造一个新社会的任务”，但什么是更好的社会却像是一个赌注，“在浪漫主义时代，人们把赌注压在天主教和新教上帝的存在上，压在泛神论、艺术、科学、民族政府、人类的前途上……解决的具体方案不同只是因为拯救最终是个人的”，“个人及其证词的价值”，被认为是“浪漫主义的本质部分”。雅克·巴尊：《古典的，浪漫的，现代的》，侯蓓译、何念校，江苏教育出版社2005年版，第51、122—123页。

② 伊曼努尔·康德：《历史理性批判文集》，何兆武译，商务印书馆1990年版，第149页。

③ 海因里希·罗姆巴赫：《作为生活结构的世界：结构存在论的问题和解答》，上海书店出版社2009年版，王俊译，第104页。

体自由”[①]，以个体自由作为现代性为当代性提供的主要语境，把当代性归结为基于个体自由的、批判性的共属意向。

“批判性”也是当代性必须继承的现代性任务。李怡以“意志化”和“物态化”分别描述西中诗歌传统，前者强调诗歌主体高于自然的意志，以个体意志统摄自然，追求思想的魅力，后者强调人的物态化和对自然的回归，追求意境[②]。中国古典诗学传统已经是人与自然的共属，但由于分析性的白话与无形态变化的文言间的巨大差异——不弱于白话与西方语系的差异——使得中国新诗在语言准备上更贴近西方现代诗歌，故而“分析性是新诗的头号特征。只有分析性才能应对世界、世纪格局中复杂的新经验。”[③]相应地，张清华以“人性本体论”和“生命本体论”作为西方和中国各自的诗学时间模型，前者以分析性、批判性的心灵空间或矛盾冲突展开叙述，其基本美学特征是追求人性永远冲

---

① 劳伦斯·E.卡洪：《现代性的困境》，王志宏译，商务印书馆2008年版，第24页；“现代性的关键语素特别强调主体，强调个人主义”，张枣《张枣随笔选》，颜炼军编选，人民文学出版社2012年版，第230页；我本人倾向于认为，同浪漫主义一样，现代性是复数的，每一类现代性都是自我问题意识的一次觉醒，每个内在授权的自我都会针对自己的问题提出一套与他人相异的解决方案，每一种方案都是一种生活可能和态度的尝试，是相对的和临时的，它们之间彼此平等而又相互竞争，既存在一个革命和战争的周扬时代，也存在一个与之对立的、作为前者解毒剂的胡秋原、胡风时代，不存在一种终结其他可能的终结完善的生活。

② 李怡：《中国新诗讲稿》，中国人民大学出版社2014年版，第20、27、61页；西方传统认为自然本身也是意志性的，“浪漫主义试图表明，自然的必然性和人的自由之间不存在矛盾，因为他们认为，自然本身是一种与人的意志相似的有生命的精神或世界意志”。米歇尔·艾伦·吉莱斯皮：《现代性的神学起源》，张卜天译，湖南科学技术出版社2012年版，第362页；如果完整的主体应该同时包括意志化和物态化，李怡的两种划分为我们重新理解“主体性”提供了契机，即主体性不仅包括个体主动的主体化过程，也包括间断、延宕和宁静的去主体化过程，主体性同时包括主体化和去主体化、做和受（杜威）、考古学和系谱学（福柯）。

③ 敬文东：《中国当代诗歌的精神分析》，中国社会出版社2010年版，第284页。

突性的自我组织过程,后者则追求完整闭合的时间结构模式,以循环时间淡化个体内心的矛盾冲突[①]。理想的状态当然是以批判、分析的人性化语言呈现物态的生命本体论境界。至于"共属",如果我们把自然视为永远处在生生变化当中的共属结构,则有机体在与环境的互动中不断形成朝向未来的自身经验,经验本质上"乃是共属结构在某一局部境遇中的演化,这种演化具有一种趋向于将经验中涉及的一切要素都统一到共属关系中的趋向","共属"并非极权(要求个人毫无反思地在一个先验可逆的极化系统中解释自身的经验要素),虽然共属中也有斗争——斗争是很多有机体之间的另一种关联方式,极权内部一定是你死我活的斗争——却是长期共同生活的亲熟关系中的"爱的斗争",不是暴力性地吃掉对方,"是不断在自己的生命尺度中吸收对方生命尺度的要素,最终使自身的生命尺度能够与对方的生命尺度形成一种共振谐响的关系"[②]。《中庸》所谓"成物"就是要明了物的尺度,这样才有可能在恰当的时机("时措之宜")触发自身的经验尺度"成己"得仁。这是一种耗散结构,它远离极权的惰性平衡,不断在新的涨落中促成共属关系的新生。

以此为标准,我们发现,虽然左翼一体化格局逐渐压缩、排斥了其他的话语可能,新诗在一开始实际上具足了充分的当代性。新诗的重要发起人之一胡适在新文化运动时期基于普通人个体自由提出"社会的不朽"("大我的不朽"),用以更新中国古代贵族倾向的"三不朽说"(《不朽——我的宗教》,1919),之后批

① 张清华:《隐秘的狂欢》,山东友谊出版社2006年版,第55、86页。

② 王凌云:《来自共属的经验:现象学与哲学文集》,中国社会科学出版社2017年版,第23、21页。

评周作人的新村运动为“独善的个人主义”，提倡将“个人觉醒”与“社会改造”运动关联在一起来思考、将个人改造和社会改造同等看待，这种改造是非暴力的、非宏大叙事的，而是一种针对具体问题的零星社会工程，一种“要爱问题，要不怕问题的逼人”的“‘得寸进寸’‘得尺进尺’的工夫”：“有志做改造事业的人必须要时时刻刻存研究的态度，做切实的调查，下精细的考虑，提出大胆的假设，寻出实验的证明。这种新生活是研究的生活，是随时随地解决具体问题的生活。”（《非个人主义的新生活》，1920）[①]实际上，文学实践与社会改造的互动在新文化运动时期具有浓郁的气氛，居间的个人改造也自然提上日程：“当时不少小组织、小团体，都将‘人格修养’——道德的砥砺与能力的锤炼，作为言论鼓吹的重点，这也暗中影响了新文学主体观念的生成。像早期新诗理论中，‘诗人人格’一度是非常核心的命题，康白情、宗白华、郭沫若、叶圣陶等都有相对系统的阐述。”[②]这就是康白情所说的“动的修养、活的修养”或“社会化的修养”（《新诗底我见》，1920）。问题是，五四运动之后，现代性的加速度使文化运动与社会运动的逐渐脱节，“社会改造”为“革命”所取代，请听叶圣陶《倪焕之》（1928）中王乐山对新青年倪焕之的说教：“听你所说，好像预备赤手空拳打天下似的，这终归于徒劳。要转移社会，要改造社会，非得有组织地干不可！”组织严密的先锋政党和“主义”的宣传动员逐渐取代自发的、有机的团体或民众联合，启蒙与救亡、个体与群体逐渐成了非此即彼的

---

① 胡适：《容忍与自由》，云南人民出版社 2015 年版，第 62—63 页。

② 姜涛：《“社会改造”与“五四”新文学——作为一个整体的研究视域》，《文学评论》2016 年 4 期。

选项。30年代初同左翼论战的“第三种人”胡秋原认为“文学与艺术，至死也是自由的，民主的”，但这并不影响他“站在自由人立场高擎马克思主义”，他只是反对普罗文学“独占文坛”，反对周扬“你假使真是一个战士，你就一定要站在无产阶级的立场，百分之百地发挥阶级性、党派性”的论调[①]。1942年延安文艺座谈会确定了文艺的工农兵方向，1948年创刊的《大众文艺丛刊》宣布自己“不是一个同人刊物而是一个群众刊物”[②]，1949年第一次文代会上周扬宣布除了延安文艺座谈会上规定的方向，“并没有第二个方向了”。历史按照极化的逻辑运行至“文化大革命”，秩序的他者作为敌人被消灭，革命者也走不出被革命的命运，通过不断制造仇恨和敌人的一体化复仇方式，它把我们带往总体性的废墟。

余论：崇高、忧郁与哀悼——等待中的共属

王斑认为“中国美学最最关注的问题是崇高的范畴”[③]，他描绘出“崇高”问题在现代中国的两条线索，即席勒式的和弗洛伊德式的，席勒式的崇高是一种英雄和英雄崇拜的“历史主体美学”，个体被国家机器或意识形态国家机器作为螺丝钉或齿轮召询出来，以死亡本能的永恒体验融入国家机器，面对或政治或审美的极化逻辑，左翼尤其是建政之后的大多数诗人选择了这种

① 《中国新文学大系1927—1937》第二集文学理论集二，上海文艺出版社1987年版，第503、601—602页。

② 《大众文艺丛刊·致读者》，第1辑(1948)，转引自李怡《中国新诗讲稿》，中国人民大学出版社2014年版，第144页。

③ 王斑：《历史的崇高形象：二十世纪中国的美学与政治》，孟祥春译，上海三联书店2008年版，第8页。

历史总体的崇高主体性和历史主体美学的集团式崇高，比如

> 跨过了这肃穆的一刹那/时间！时间！/你一跃地站了起来！（胡风《时间开始了》，1949）

神圣时间为胜利者加冕，有死的个体因为将自身抵押给神圣时间而变得同自然一样永恒，这种隐秘的死亡本能在郭小川的《望星空》（1959）甚至要重复两次，抒情主体面对无限宇宙流露出的“惆怅”经验必须在“忽然之间”被“大地上的天堂”涤荡干净：

> 在伟大的宇宙的空间，/人生不过是流星般的闪光。/在无限的时间的河流里，/人生仅仅是微小又微小的波浪。/呵，星空，/我不免感到惆怅/于是我带着惆怅的心情，/走向北京的心脏——

弗洛伊德式的崇高则常常与难以表征的历史创伤关联在一起，通常有两种表征，一是忧郁，一是哀悼。

忧郁型诗人放弃了对外部客体的共属意向，选择了将自身拘囿于万能的、无时间的内部，一种狭窄的美学崇高。在鲁迅最绝望的时刻，他写出的《野草》（1927）也具备这么一种美学风格：“我愿意这样，朋友——我独自远行，不但没有你，并且再没有别的影在黑暗里。只有我被黑暗沉没，那世界全属于我自己。”（《影的告别》，1924）海子《面朝大海，春暖花开》（1989）亦然：三次出现的“从明天起”将世界划分为“尘世”和“我只愿”的二元，

“幸福的闪电”再次提醒我们这种区隔，直到“我有一所房子，面朝大海，春暖花开”，一种死后生活的渴望，不再活在人们中间，不再共属于某个或某些他者。有训练的读者从幸福幻景的背后读出可怖的崇高。

在讨论鲁迅的《野草》时，张枣同顾彬一样认为忧郁正是现代性的精神特质，他沿袭文学史家把这一“忧郁的现代主体”称为“消极主体”，“空白，人格分裂，孤独，丢失的自我，噩梦，失言，虚无……”这些消极元素“会促成和催化主体对其主体性的自我意识”[①]，我们已经在现代诗歌的主体批判中论及此点，从精神分析的角度看，这是主体在现代性不可逆的人和世界的分离中、在不断丧失客体之后的自我分裂中，一个道德的我（超我）不断批判和攻击另一个欲望着客体的我（自我）之后果，最后陷入看与欲循环的元反讽。忧郁罢黜了不可逆的时间，将需要随时更新的、生生不息的共属结构转移到无时间的、万能的主权个体内部，因此它无法面对失去客体这一事实，用弗洛伊德的话说，它无法哀悼，更无法随着时间的流逝创生新的共属结构。而一旦极化逻辑上升到国身通一、万众一心的层次，真正共属生活的充要条件——不同个体构成的“我们”的脆弱的复数性——就丧失了，每个个体只能被囚禁在单一经验的主观性中，“当共同世界只在一个立场上被观看，只被允许从一个角度上显示自身时，它的终结就来临了”[②]。“集团”和“必然”遵循的极化逻辑褫夺了主权个人的批判活力和审美伦理的社会

① 张枣：《张枣随笔选》，颜炼军编选，人民文学出版社 2012 年版，第 118 页。

② 汉娜·阿伦特：《人的境况》，王寅丽译，上海人民出版社 2009 年版，第 39 页。

参与，极化的集团和必然表面看似乎臻于永恒，却是一种死亡，因为系统已经先验地将异质性的经验碎片筛选和组织成一个总体。

顾彬在《倪焕之》中已经发现了这种"革命与忧郁"的复杂关联①。与《时间开始了》和《桂林山水歌》以革命主体自居、因而具备了充沛的革命豪情不同，《望星空》中的崇高是从无限的星空转移到万能的历史主体的，中间夹杂着诗人脱节于时代精神(革命)的忧郁。一旦诗人被革命附体，认为自己是崇高历史的一部分，就会以这种革命的死亡本能攻击一切障碍，比如在食指的《鱼儿三部曲》(1967—1968)中，我们看到因为"冰层"的阻隔产生的崇高的忧郁：大自然被割裂为正义的"太阳"和他的"鱼儿"们，以及"冷漠的冰层""冷酷的风雪"和设下网绳的"渔夫"。"冷漠的冰层下鱼儿顺水而去，/听不到一声鱼儿痛苦的叹息，/既然得不到一点温暖的阳光，/又怎能迎送生命中绚烂的朝夕？!"鱼儿为了太阳母亲的抚照猛烈地撞击冰层，"鲜红的血液溶进缓缓的流水，/顿时舞作疆场上飘动的红旗"。大自然被不断地分配阶级感情："为什么悬垂的星斗象眼泪一样晶莹？/难道黑暗之中也有真实的友情？/但为什么还没等到鱼儿得到暗示，/黎明的手指就摘落了满天慌乱的寒星？"最后是"阳光的利剑""撕破了贪婪的网绳""无情地割裂冰封的河面"，为了阳光鱼儿不顾一切跃出水面，却落在正在消融的冰块上，"鱼儿却充满献身的欲望：/太阳，我是你的儿子，/快快抽出你的利剑啊，/我愿和冰块

① 顾彬：《德国的忧郁和中国的彷徨：叶圣陶的小说〈倪焕之〉》，肖鹰译，《清华大学学报(哲学社会科学版)》2002年2期。

一同消亡”。不是共属，是血淋淋的斗争构成这首诗的核心意旨。如果食指诗歌的崇高是革命与浪漫主义融合的产物，多多则在诗歌形式上更进一步，以现代主义的方式继续分裂着革命的崇高，麦芒（黄亦兵）以“不可能的告别”来描述文革的乌托邦驱力带动的非理性的、精神分裂的形式更新：“过去和历史成为无意识中不可祛魔的部分，它总是从压抑中回归，并以语言和形式的创新进一步显露出来”，即多多用以祛文革之魔魇的方法是以语言和形式进一步强化它的极端和疯狂的崇高，麦芒认为，在“毛主席像太阳”（《浏阳河》）和“太阳像诗人一样”（波德莱尔《诗人》）之间不是想象中的那样难以兼容，只要我们仍然走不出现代性的魔咒，毛泽东的咒语同波德莱尔的咒语一样会以诱饵的形式继续存在，就像《被俘的野蛮的心永远向着太阳》（1982）：“明天，还有明天/我们没有明天的经验/明天，我们交换的礼物同样野蛮/敏感的心从不拿明天作交换/被俘的野蛮的心永远向着太阳/向着最野蛮的脸——”。历史的原初场景——这里是不礼崩乐坏，而是乌托邦——已经牢牢抓住了明天和未来，“它有一张最野蛮的脸，只有疯狂和野蛮的心灵才能与之对视，并站到同一层次上与之对决。这种精神分裂的对峙暗示了文化革命和现代中国诗歌所要付出的代价，前者以革命的方式，后者以现代主义的方式，但两者最终共享了一种方式即 20 世纪中国的现代性实验”①。

① Mai Mang（Yibing Huang），Contemporary Chinese Literature：From the Cultural Revolution to the Future，New York：Palgrave Macmillan，2007，pp.19－61.这种“不可能的告别”在《父亲》（2011）与《我读着》（1991）的比较中仍能看到：“父亲，你已脱离的近处/我仍戴着马的面具/在河边饮血……”

耿占春把弗洛伊德的“原始场景”从个人早期的家庭场景移用到历史生活领域，政治迫害、大饥荒和人民的非正常死亡就成为后人不断回应的原始场景，这种“礼崩乐坏”的创伤打断了经验的连续性和交互性，很容易让人陷入经验失去可参与性之后的忧郁状态。“事实上对一个社会、一个民族或者一些个人来说，在经历过这种巨大的生命与精神创伤和连续性的灾难之后，应该有一个充分的哀悼过程，可是我们的整个社会文化省略了这个必要的哀悼的过程。当哀悼的过程被省略之后，鬼魂未被埋葬，亡灵也不会得到追悼，邪灵还会在压抑下返回到我们身上，返回到人们悖谬的情感与错位的观念之中，甚至公开复归于社会场景之中……哀悼是个人和社会精神康复的一个必要阶段。省略了一种重新唤醒社会伦理情感的哀悼过程，也就陷入了压抑和精神分裂”[①]。“过去”很可能从未完全过去，一个创伤性的过去可能被压抑，但这不妨碍它改头换面在不同的语境中重复出现。“现在”当然也不等于“当代性”，可能只是过去的延续甚至历史周期的重复。同样的道理，“未来”也可能从来没有到来。

哀悼型诗人选择哀悼，选择与痛苦共存，并以诗歌对自身的痛苦进行象征交换，以此保持与外部生活世界的关联，一种等待中的共属：斯蒂芬·K.怀特称为“日常生活的崇高（sublime of everyday life）”或“微妙崇高（a quieter sublime）”，即便极化逻辑粗暴地打断了日常生活，即便不能以“学者”的身份公开运用自己的理性，也可以尝试“培育日常生活断裂和挫折经验带来的崇

---

① 耿占春：《〈哭庙〉：一部伤痛与哀悼之作》，载《评诗》2014年卷。

高痛苦”，这样一种气质可以帮助我们修为困难日常中的人格①。久为大陆文学史湮没的成都诗人蔡楚 1962 年就写下了这样的句子：“为什么他喉咙里伸出了手来？/是这样一个可怜的乞丐，/彻夜裸露着、在街沿边，/蜷伏着，他在等待？”（《乞丐》），“这双手原可以创造世界”，田园荒芜，长夜漫漫，乞丐只能等待，双手重新从臂膀上而不是喉咙里长出。1976 年的《等待》更是将主体去主体化，分离出另一个等待的自我，这就是哀悼，为了保留爱的可能：“从鲜红的血泊中拾取，/从不死的灵魂里采来。/在一间暗黑的屋内，/住着我的等待。//它沉沉地，不说一句话，/不掉一滴泪，如同我的悲哀。/它缓缓地，不迈一个急步，/不烦每次弯曲，如同我的徘徊。”除了这个从自身分离出来的自我，另一个唯一的共属者是“那间暗黑的屋”，它“从不肯走出屋外，/去眺望那飘忽的云彩。/它是缄默而又固执的呵，/懂得自己的一生应当怎样安排。”②犹如珀涅罗珀白日编织婚服而夜晚拆解，诗人没有被意识形态国家机器生产为意识形态主体，而是以去主体化的方式感知着自己不可逆的生活时间。与“我有一所房子”和“从明天起”明显的二元论图景相比，蔡楚不回避世界和经验的一元性，以“等待”这种无为的智慧留给经验最最稀薄的改造和实验可能。

椅空的《和灰尘一起等我——给终日等待的妻》（1999）更是杰作，它告诉我们一种真正的爱可以怎样造成一种身体上的共属，一种可以彼此异位的通感：用诗人自己的口吻在说，却

---

① Stephen K. White, *Edmurd Burke: Modernity, Politics and Aesthetics* (SAGE Publications, Inc, 1994), pp.83－90.

② 陈墨、蔡楚：《鸡鸣集》，电子科技大学出版社 1993 年版。

借了妻子的眼睛在看，而看的又竟然是诗人自己的化身——弥散于家中四处的灰尘："你一无所有，只能/和家里的灰尘一起等我/它们一层层/积满了所有角落/你不愿拉开窗帘/怕阳光惊扰它们的安宁//书架上的字迹被灰尘掩埋/地毯的图案吸满了灰尘/你喜欢在给我写信时/笔尖吸住几粒灰尘/让我的眼睛有些刺痛//你终日端坐/不想随意走动/生怕自己的脚踩痛了灰尘/你尽量平稳地呼吸/用沉默编写一个故事/在这令人窒息的岁月/灰尘们献出仅有的忠诚"。灰尘是弥散的主体，是去主体化之后的主体残迹。"灰尘浸满了/你的目光、呼吸、时间/在你的灵魂深处/日复一日的修筑坟墓/从脚底一寸寸堆积/直到胸口直到喉咙/你知道，坟墓/是你最好的归宿//在那里等我/不会有任何惊扰/你就是对灰尘情有独钟/在黑暗中安静中窒息中/等我 等我/和灰尘一起等我//拒绝阳光和空气的流动/让灰尘彻底埋葬自己/让自己在灰尘中睡去"。"我只愿面朝大海，春暖花开"是主体彻底消失后退回到无机状态的物我一体，去主体化的灰尘、去主体化的每一粒灰尘却携带了与妻子共属的、微弱的爱的能量。去主体化，意味着能够忍受爱的彼此暂时的丧失，能够哀悼这丧失着的每一天、每一秒，意味着允诺了微弱的未来。"等我 等我/和灰尘一起等我"，和无数的灰尘一起等我，和我一起等我。"直到我回来/你才苏醒/揩净皮肤和灵魂的灰尘/如同死而复活的奇迹"，在坟墓里等待，等待爱人灰尘里的复活，因为她是在爱人的灰尘里睡去的。就像抹大拉的马利亚，等待，等待，等待。同样是假想了死后的生活，爱的信仰更深地触动了读者。

王东东曾以《一个自由主义者的忧郁：纪念江绪林（1975—

2016)》这一事实上的哀悼之作缅怀逝者江绪林的忧郁[①]："大海啊，母亲，你是否同意我返回你的波浪/当我的身体还是远古的鱼，未受污染/不要一遍遍地将我拍打在岩石，请带走我"，与天地的重新合一意味着亡灵对共属的回归，然忧郁于礼崩乐坏的亡灵何时才能得到超出诗人的整个社会的哀悼呢？我们仍然生活在一个启蒙运动的时代，我同意康德关于革命不能真正改造人的思想方式的说法，并且尝试以诗歌和诗学公开运用我们的理性，这种自由必然"向外扩展"，个体自由与"共同体的团结"必然一致[②]。"但是要练就行动的本领，我们不是要第二次革命"。当代性是一种"我们"的积极自由，必然涉及价值内涵——"一个成为革命者的人能对他自己进行革命"[③]，或者说，能对自己进行革命的人才会成为真正的革命者——它天地一体的形而上学价值需要在仁之共属中渐渐修为，渐渐养成，并且暗自葆有批判的锋芒。让我们摆脱忧郁，让我们能够哀悼，在时机中等待，在日常生活的政治中生成我们的崇高共属。

---

① 纪念江绪林的诗歌还有西渡《风中之烛——纪念江绪林》；另外王东东还有《忧郁共和国》(2016)一诗。

② 伊曼努尔·康德：《历史理性批判文集》，何兆武译，商务印书馆 1990 年版，第 24 页。

③ 路德维希·维特根斯坦：《文化和价值》，黄正东、唐少杰译，译林出版社 2014 年版，第 61 页。

马雁："卑微的造物有力量"（砂丁）

作者简介：砂丁，1990 年出生于广西桂林。北京大学中文系在读博士研究生。习诗，写散文。著有诗集《超越的事情》。

一

2017 年深秋，我和我写作的朋友一行六七个人，去位于上海虹桥沪青平公路的回民公墓，拜谒了马雁。我们买了好几枝白菊，还有矢车菊，静立在她的墓前，我并不知道我们彼此之间，是否怀揣着各自的心事。阿訇来了，他骑着的自行车从不远的地方，越过层层墓碑，在还没有褪去潮润的、上海秋天的空气里发出逐渐清晰起来的、车轮滑行于水泥地上绵延开来的轻盈声音。阿訇开始唱经了，经文的字句在空气里快速地聚拢，现在回想起来，那个声调起伏的声音是非常巨大、洪亮的，我们都被某种很庄严的东西拽紧，我甚至都不敢抬头看阿訇的神色和眼睛。我们一行中的一个穆斯林小伙子，也念了一段经文，我忘记了是不是用阿拉伯语。我们好像每个人都对着墓碑念了一段什么，还有一个姑娘小声地哭了。那是我在阅读马雁好几年后第一次去她的墓地，虽然一直在上海，心里也偶尔涌起在她的祭日去拜访她的念头，但都觉得自己作为晚辈，生前从未见过她，这样冒昧、唐突的打扰，于她似乎是不礼貌的。在那一天，当我们一行人终于离开那个小小的、被明澈的秋日阳光照满、白而透亮的大理石空间，走在回城的大路上，我心里被一种怪异的温柔、审慎和难过交织的心情拉扯着，但似乎还在不停地说话。我们聊起未来的计划，各自的生活，习俗和传统，好像都有点在回避先前的一刻均发生在我们彼此心里的，神圣、肃穆、又伤心的感情。我们相约在徐泾东站分别后，各自写一首关于马雁的诗作为纪念，很快，我们都写好了，我们都看到了给对方的赠诗。

事实上，对马雁的阅读和讨论，在马雁去世后，从来没有停止。不论是以《马雁诗集》和《马雁散文集》的出版为契机展开的对马雁作品的收集整理工作，《新诗评论》对马雁诗歌的讨论，马雁生前的师长、好友撰写的纪念文章在网络上广泛的流传，还是无数文学网友以零星的、碎片化感悟式的只言片语提及的对马雁诗文的阅读感受，马雁作为新诗史上一位在诗学上别具一格的、风格和面貌清晰的、重要诗人的形象，已经随着这些讨论的蓬勃和兴起，逐渐开始确立起来。对于像我这样，出生于 20 世纪 90 年代初，在中文系接受文学教育，或在大学时期开始做一个文学青年的读者，似乎对马雁有着更多的偏爱。我们常常会谈论到马雁，甚至隐秘地把她视作为一个新的“诗歌偶像”，内化为我们的一个精神传统，而与我们的文学感性，以及我们看待世界的观物图式之间，建构一种情感上亲密的通路。我的同龄人中不少人写过谈论马雁的文章，或作整体性的概览，或谈论相对个人化的阅读感受，或就马雁诗歌中的某些词素、质地、民族的宗教的伦理的精神图谱和思想资源，或就其诗歌中呈现出来的某些方法和诗学范式进行讨论，也都形成完整文章，有的公开发表。近年来，在当代诗歌批评的现场，对马雁的关注和讨论，逐渐有了从“纪念”到“研究”的格局性变化，其深度和广度也被拓宽，而这一批“研究”的发力者，大都是我的同龄人——不到三十岁而又在学院里进行学术生产，但又本质上是文学青年的一批文学人。

我们知道，在中国新诗史上，能被看作“经典”，而同时又能切己地被不同时代的年轻人视为“偶像”的诗人，掰开手指也能数得过来：郭沫若、徐志摩、穆旦、北岛、海子、张枣……而对马雁的阅读，更似一个有点隐秘的阅读传统，许多经验似乎是不足为外人道的，而作为一个隐形却又确实存在的阅读共同体，它的构造，也同时和对萧开愚的阅读、对吴兴华的阅读一样，在话语层面逐渐将阅读对象“经典化”的同时，也更认可其为一个带着密码的、反诸自我确认甚至自我认同的、隐秘的精神脉络。

二

有时候我会思考，该以一种什么样的姿态去阅读马雁呢？有时候很简单，读便读了；有时候，她的名字又像是一个精神符号，很深地潜藏在我的心中，以至于有时候去谈论它，都觉得是一种于心不忍的干预和打扰。在我的个人阅读经验里，能够经常去重新翻阅，而又往往能够一次次地激起内心的波澜，这样的诗人是不多的，马雁是其中一个。又因为自己身在北大，这是马雁曾经求学四年的地方，她诗集里的不少诗，是写这个园子的，比如勺海，或者它周边的空间，中关村，四环、五环以外的北京郊区，海淀的边疆，昌平校园的操场和广播站，怀柔和密云……心里怀揣着某张诗人曾经走过的北京行旅地图，而这些地点，从马雁的诗和散文里，常常能读出来是一个人去的，并没有什么别的人陪伴着她，于是，这些地名又好像增添了一点别样的、自我指认的意味，带着些许纪念和凭吊的心情，也内化为了自己的某片“风景”，某个独属于自我之一隅的、精神的保留地。

自己甫一接触马雁，便被她诗中轻盈克制的语调，伸缩自如的节奏感，精确简洁的用词，有意味又干净利落的细节和动作，叙事与抒情之间参差跃动的构造形态深深迷住了。而在这样灵动、跳跃的诗学样态中，展布出来的一场场杂糅了人与人之间亲密关系的微妙动势的微型戏剧，而汇集于一种作为核心技艺的抒情特质。有时候，马雁的语气斩钉截铁，似乎毫不含糊；有时候，又有些慵懒拖沓的语气和节奏漫漶出来，前仆后继，参差交缠。人我关系的诸种微妙造型，以及当代生活中诸个“有意味”的截面，在诗歌语言内部或提升或骤降的语势和节奏变化上铺展开来，而生成某种起着涌动波澜和涟漪的跌宕构造。“紧张惊警”与无所事事，构成马雁诗歌在风格上相互叠合、动态的平面，诸种或犹疑或利落的情感、态度、动势，在这个语言平面的上下参差浮动，在营造诗歌内部语言张力的同时，也多少在总体上大致精准、平衡的语言模态中，生成一种层叠、复沓的诗意构架。而特别地，马雁诗歌语调的漫不经心，并不意味着其在面对展开的世界时，主体状态的无所凭立，马雁诗歌抒情性中的那个核心动机，乃是一个孤独而执拗的写作主体，通过诗歌面对世界、时代、历史、人我之间诸种错综夹缠关系时，那个坚定而痛苦的判断。于是，在马雁这里，人我间的“有情”，以及人与历史之间可能存在的那个“有情”的构造，是充满“血肉”的，是“每写下一个字都冒着生命危险”的、诉诸某种伦理感性的诗学样态。

冬天的信

给马骅

那盏灯入夜就没有熄过。半夜里
父亲隔墙问我，怎么还不睡？
我哽咽着：“睡不着”。有时候，
我看见他坐在屋子中间，眼泪
顺着鼻子边滚下来。前天，
他尚记得理了发。我们的生活
总会好一点吧，胡萝卜已经上市。
她瞪着眼睛喘息，也不再生气，
你给我写信正是她去世的前一天。
这一阵我上班勤快了些，考评
好一些了，也许能加点工资，
等你来的时候，我带你去河边。
夏天晚上，我常一人在那里
走路，夜色里也并不能想起你。
“明月出天山，苍茫云海间”，
这让人安详，有力气对着虚空
伸开手臂。你、我之间隔着
空漠漫长的冬天。我不在时，
你就劈柴、浇菜地，整理
一个月前的日记。你不在时，
我一遍一遍读纪德，指尖冰凉，

对着蒙了灰尘的书桌发呆。
那些陡峭的山在寒冷干燥的空气里
也像我们这样，平静而不痛苦吗？

2003 年冬①

或许很难再看见这样写自己与父亲的关系里那种牵连着复杂生存实感，隐忍、恻动、愧疚与不安绵密交织而成，又写得这样舒展、自如、不动声色的诗歌了。如果要在最短的时间内给一个不那么熟悉马雁诗歌乃至当代诗格局的读者一种关于诗人最切近、最直接的印象，那么这首《冬天的信》一定是最能代表马雁诗歌风格、抒情特质和伦理感觉的几首诗歌之一。首先，这首诗里存在几个交谈性场景的铺展，一个是和父亲的，一个是和正在云南德钦梅里雪山下的藏区支教的诗人朋友马骅的，一个是和新近故去的母亲。这些对话的结构，彼此之间又互为交织，参差地层叠在一起，在每一次隔空交谈的微型诗歌空间中，都互相参与了对另一个对话结构的建构，而把“我”的某种孤独、愧疚、怀念，乃至对于生活本身坚硬质地的实感、匮乏的欲望、痛苦和忍耐，浮动地铺散在抒情主人公加以对话的几个对象之间，而这些对话并不都由直接的对语构成，而是杂糅在诗人对室内环境和空间的侧面描写、对生活事件的一笔带过、对季候的简洁提示、对简单动作的勾勒、跳跃性的引用和最终用于自指的抒情话语之中。在形式技艺上，马雁的核心语法也在这首诗里得以集中地

① 马雁：《冬天的信》，《马雁诗集》，新星出版社 2012 年版，第 28—29 页。

展开，我们看到，叙事和抒情的参差层递，乃至时间上蒙太奇式的故意打乱，在诗歌内部营造了某种跌宕起伏的语气和节奏感，这种节奏感同样借助遍布诗中的直陈句法和疑问、反问句的相互交织，以及在语势上较为延展、语速上较慢的陈述句和直截了当的对简单动作的提举，得以形成行与行之间细密的情感波澜。而对李白《关山月》的引用更是神来之笔，使诗歌的视角一下子从具体的人事关系上跳跃开去，把与人事关系的空茫形成照应的宇宙时空的空茫，像幕布一样引入诗歌所建构的人间关系的微型剧场，而突然一下子打开了它的舞台空间。不同人称的变换，牵引着叙事和抒情的出入自由，使诗歌的视点和展开的场景灵动地在上下文中发生变换，对谈的空间、实生活的空间、抒情的空间、宇宙天地的空间之间，参差对照，层层叠叠，形成一种跌宕、流动的诗意。而马雁最终要去书写的那种人我之间幽微又深情的动势，以及某种苍茫的失去感，便在几个交谈空间的展开和诸种形式技法的融会、有机运用之中，延宕开去一种情感的复杂性，而使整首诗在大致平衡、完整的诗歌体式之中，充满不同声音之间丰富的层次感、肌理和褶皱。

三

当然，马雁所关心的，并不仅仅止于展开的人我关系中那些细密的张力，其诗学的构造，除却“我—你”之间的那种亲密、友谊和失去，也在此基础上扩展为“我—他”之间更宏阔的历史的、伦理的视野。在 2005 年之后，马雁的抒情面相，在早期那些借助于一些精准动作和叙事片段的抓取而形成的精短的抒情制式之外，更把写作主体于绽开的时代生活中的种种困惑，那种“内”

与“外”、“个”与“群”、“小我”与“大我”之间既联动，又时刻发生着摩擦、挫伤和龃龉的复杂关系，容纳于她所擅长建构的，在一个相对整饬的话语空间中经营叙事与抒情回环交错的那种诗学造型之中。马雁于2010年写作的《上苑艺术馆》《沙峪口村》《桥梓镇》《怀柔县》《北京城》和《北中国》等一系列视角逐渐扩大的“地方诗”，以一种空间上相互间彼此层递的互文性关系，集中展示了马雁“尝试建立起一组朝向乃至渗透到现实世界的权力秩序”[①]的诗学愿望。在《北京城》一诗中，马雁展开了这座城市的性格，“这城市被严格的/规则控制着，不允许脱离徒劳的责任”。[②]“责任”，作为马雁后期诗歌中一个核心性的修辞，明确了其作为知识者介入和参与驳杂、变动的当代中国现实的一种诗学抱负，却在世俗性的日常生活、“北京城”宏伟建筑的坚硬质地和抽象制度的不知变通、知识者介入当代历史的诸种方式之间，形成多重复杂、曲折的张力关系。一方面知识者有强烈的愿望观照、打量、参与历史，一方面历史无形的“厚障壁”，和其作为“巨兽”的隐喻性形象又使知识者在真正面对历史的现实时“毫无办法”，只得望而却步地反复逡巡和瞻顾，在“聚会”的小空间里“无谓地研究问题”。某种类似于“过山车”般“匍匐”“飘荡”，于半空中波浪般翻卷的历史感觉形象地传达出年轻的知识者“希望着/有什么样的责任降临，有/什么样的大运动再次发起”的伦理愿望（《我们乘坐过山车飞向未来》《北中国》），好比伸向虚空中的那一只“巴枯宁的手”，终于能够抓住历史的实物。然

① 马雁：《自从我写诗》，《马雁诗集》，前揭第202页。

② 马雁：《北京城》，《马雁诗集》，前揭第132页。

而，对于马雁而言，也许更大的牵引来自丰绵而活色生香的“市俗生活”，这是她一再沉湎、认真对待，并产生出真实快乐的情绪和伦理空间。马雁在她的文学批评文章和日记中一再反复地申说着“认真生活”①，把具体的日常和人伦间的诸种牵绊，作为其“具体”和“抽象”间得以建构良性通道的必要过程和基本素材，并且在这看似庸常的日常生活之中，也存在一种力量的赋予，使得空虚而抽象的、有时多少为焦虑的知识者自我生产出来的“责任”，得以有机地容纳于切己的世俗经验之中。或许这种从小处着手，从具体的日常之人、事、物着手的责任形态，才会真正使“责任”具有内容，或许，恰恰是在细密的日常生活之流和绚烂的人间烟火之中，才真正蕴含着历史，“我”所面对、携带的“责任”，才真正具有可以落实的对象，不至于“漂浮”于某种空想而最终“毫无办法”。

在2006年的一篇日记中，马雁提到：“有一种错误的风尚一直毒害着文艺青年，就是伤感而无望、无力的审美态度，我一再抵抗、一再沉迷的就是这种错误……我一直在培植自己的力量。”②对于马雁而言，虽然诗人和知识者“都是/艺术家，毫无变现的能力”，但他们因为“认真生活”，流连于丰富、绵长、喜乐、“血肉有情”的市井，能够以一种“有情”的眼光发现诸种手边之物，诸如“下着雨的早晨”“还没有凋零的野花”，它们当然是一些“卑微的造物”，“在在都是平凡之处”，但此刻经由“我”的伦理眼

① 有关“认真生活”的表述，散见于马雁《未免有情，我私人的鲁迅记忆》《每一秒钟都知道自己活着》《那天上午》《符号世界虐杀琐碎真实，或反之》《生活的战争学校》等书评文章和她2005—2006年的日记片段之中。可参考马雁：《马雁散文集》，新星出版社2012年版。

② 马雁2006年4月19日日记，《马雁散文集》，第377页。

光的“发现”，与“我”之间建立了某种亲密的共通情感，终于“培植”了“自己的力量”(《上苑艺术馆》)。在马雁的生命历程和文学世界里，尽管“痛苦”或许是一个统摄性的感觉结构，但写作、生活之“呼吸”或“熬”的过程，仍然需要认真对待。在同一篇日记里，马雁写道，“所以痛苦，也是必须的，并不可怕，是丰盈的，有很多很多的力量。”[①]在“痛苦”与“重生”，“绝望”和“希望”，“具体”和“抽象”，“市俗”与“责任”诸种情感和伦理的错综界面之间，马雁是一个绝对认真的生活者，她的力量恰恰来自这，来自她对“活着”的期待、热诚、无辜、奉献与创造。

① 马雁2006年4月19日日记，《马雁散文集》，第378页。

翻译 Translation

诗九首

兰德尔·贾雷尔著　连晗生译

作者简介：兰德尔·贾雷尔(Randall Jarrel,1914—1965),出生于美国田纳西州,1942 年参加美国空军。1947 年起任教于北卡罗来纳大学女子学院,1965 年遇车祸丧生。贾雷尔最初以写战争诗著称,但后来大部分作品,则主要处理孤独、死亡,以及对世界的绝望。以至他的好友洛威尔在他去世之时,称他为"他这一代人中最令人心碎的诗人"。

译者简介：连晗生,诗人,译者,文学博士,多篇诗作发表于《中国诗歌评论》等刊物。

骑士，死神，魔鬼

牛角顶冠、头发蓬乱、蓄玉米须的
死神是个稻草人——他的死神头,一个
朝人亲密倾移的手转陀螺
仅以蝰蛇相饰;他所骑的母马鬃毛卷曲,
马勒穿绳,在一个骷髅旁咀嚼香草。

他警告，举起时间的交叉锥[1]：
过去和未来是流沙，在此
收缩成现在。
一名长矛兵在后面小跑。
他长矛的拔钉锤仿效中嘲笑——分叉，倒置——
他的巨角那麻点的、棱纹的、翱翔的新月。
一只衰老成阉牛的替罪羊；公猪鼻：
他柔软的大耳朵斜突在空气中；
一块垂肉坠至胸部；每只耳朵下面
一只羊角摇转；一只马刺卷烧，出自
他前额的兽皮；蝙蝠翼，仅是棱骨；
他的眼圈一圈一圈又一圈
上抛媚眼，无欢，邪恶，恭顺而下流——
这是魔鬼。肉体对肉体，他
咩咩呼叫畜群回到存在的深坑。

骑士披着凹槽纹铠甲；长矛上方，是
那只老狐狸的灌木；一只羊狗跃向他的马镫，
那忠诚的略略斜睨（我们的助手，
我们愚蠢的助手）；他暗褐色的战马在身躯下
有力地迈步，隆重而庄严；
他的城堡——某个人的城堡——建于每一座峭壁上：
就这样，就这样被陪伴着，骑士走过这世界。

---

① 指沙漏。

魔王友好地哞叫，死神张口，提醒着：
他听着，而自信，甚至没对他们
投以一瞥，而沉着超然
看那——那——
人的神情完成了自己。

他自己肉体的死亡，外于他而立；
他自己灵魂的肉体，外于他而立——
死神和魔鬼，对他而言，其为何物？
他的存在指控他——然而在决心中，
在绝对的强韧中，他面容坚定；
微笑的褶皱有益于沉稳；
面容是它自己的命运——人行其应行之事——
而身体在它下面说：我在。

一种被子图案[①]

这男孩被草草勾出的
生命之树是灰色的，
在凌乱的被子上：漫长的白昼
终于消逝，在许多传奇之后。

---

① 贾雷尔在给伯内塔·奎因修女的信中说，这是他最为精细地体现弗洛伊德思想的诗；而这一点后来得到专业精神分析家的肯定。本诗参引了《格林童话》中的《汉塞尔和格蕾特》的某些情节和意象。

好我，坏我，它[①]
陷于黑暗，而那个
女人——好母亲——哼着歌的凝视
飘走了：男孩堕下
穿过黑暗，太空联盟
进入所有故事中最古老的故事。

森林里所有坟墓
打开，一个女人——
死去的母亲——剥落的脸
在一个院子的蒸汽中是方形的，
在那里，笼子整夜保暖，为了兔子们，
所有毛茸茸的、受伤
却从没哭过的小东西——
那被剥皮的、但根本从不会死去的东西。
好我，坏我
擦干了眼泪，穿过鸡笼铁丝网的
网眼，耐心地收集
黑莓，他们在梦树林这里
以之为食的有毛的小东西。

这里，家中小径，一千块石头
在它们的细绳那里闪耀

---

① 原文“the Other”。在本诗中，这是一个身份不明的对象。

就像刚刷过的、刚掉落的牙。
森林里所有的鸟
皆蹲着孵蛋，口中塞满面包屑。
但很远，很远的地方，皎洁的月亮在家中，
在石头烟囱那边闪耀，
他的白猫吃掉了他的白鸽。

但这房子哼着曲调，“我们是家。”好我，坏我
裹着兔皮衣坐着
而寻找某种可以友好相待的
小生物，因为在那时它将会帮助他——
没什么可帮的；好我
坐着，猛拽他耳朵的兔毛，
而自语：“我妈妈
正在浴缸给坏我涂油——”
蒸汽上升，
一块毛巾在他嘴里像拖把搅动。
他凝视着整座
房子的嘴巴：在里面等待的是——
不，什么也没有。

他在窗户那里折了
一根手指而把它举向他的——
“谁在啃咬我？”这房子说。
梦说：“风，

天堂来的风”；
男孩说：“是一只老鼠。”
他吮着手指；而面包房子
用缓慢的歌唱音调呼唤他：
“吃吧，吃吧！你现在胖了？
伸出你的手指。”
那个男孩伸出了那根手指的骨。
它移动着，但房子说，“不，你不知道。
再吃多一会。”
房子的味道
是他的……的味道——
“我不知道，”
那男孩想。“不，我不知道！”
他的整个梦随烤箱的蒸汽而鼓胀
直到它低语，“现在你吃饱了，老鼠——
看，我暖了烤箱，揉了面团：
悄悄进去——啊，啊，它很暖和！——
快，我们现在可以把面包塞进去，”房子说。
他低语，“我不知道
我该怎么做。”
“鹅，鹅，”房子叫道，
“它够大了——先看看！
看到吗，如果我弯一下，这样——”

他移动……现在他静寂无声，屏住他的呼吸。

如果有什么自己在烤箱那里边
尖叫着死去，不是老鼠
也不是老鼠的任何东西。坏我，好我
凝视对方的眼睛，胆怯地
彼此微笑：是它。

但他们醒着，醒着；最后一段楼梯嘎吱响——
在门的另一边那里
房子嘎吱响，“我的小老鼠怎么样了？醒着吗？”
是她。
他自语：“我永远不会醒来。”
他自语，屏息：
“走开。走开。走开。”

而脚步声消失了。

海岛

“当太阳和大海——还有我，还有我——
穿过夏天翘曲在我们的晶石上，
我在鱼鳍、海鸥旁边猜想，
而欧洲像帆一样退隐
一种冷漠如星星的生活。

“我的眼睑摩擦着，直到闭合，

我的手掌正松开而渐渐安息，
当——随着它的波浪，那鲸鱼般的
隆起漂移，退去，它含盐的海滩裂开——
海岛吐出它茫然的叹息。

“岁月在我的小屋刻痕，我的腮须飒飒响
穿过夏日无知的凝视：蓝色的白昼
忽闪于给我镶上边缘的
虚无上方，未被猜想的深渊
碎裂于我的海滩，而它的浪花

“结霜或含盐，浮现卷曲的微笑。
沙滩上无印痕的沙石……
我和你，欧洲，躺在一张雪网：
而我所有的巨人——他们的鼻肥成拉普人[①]的鼻
倚着我窗台的小号角——啜泣着；

“野鼠，小鬼，穿雪鞋走路的兔子
——被蒸汽船的烟加冕，和星辰一起体毛蓬乱——
对我的白人情妇低语：他是玛尔斯[②]；

① 拉普人(Lapp)：其自称“萨米人”(“Sami”，语言是萨米语)，生活于挪威和瑞典的大部分地区、芬兰北部地区以及俄罗斯的摩尔曼斯克省，是北欧拉普兰地区的原住民，也是欧洲目前仅存的游牧民族。

② 玛尔斯(Mars)：古希腊神话中的战神。

直到我笑了，叫道：朋友们！国民们！顾客们！[①]
而她的脸是女人的脸，他们的脸是男人的脸。

“我在我粗糙大床梦见的这一切……
或我这样梦着。拂晓直率的微笑
穿过我的睫毛抿起，伐下了童话的树林；
太阳剥去我的星辰最后的积云，
而大海雕刻天鹅的所有沼泽。

“就这样，就这样。岁月滴答如螃蟹爬过
或一小时，像大海，缓缓移近天堂。
有一天，我的黑手旁边，我的胡须
闪耀白银：我惊讶地端详
并夹紧瘦弱的小牛犊，被许多伤疤和

“我僵硬的手指吸引，直到鹦鹉用我
忧郁的颤抖音喊叫：可怜的鲁滨孙！
我的羊群咩咩走近，舔着我带盐的脸颊；
我抽泣着，用一种爱抚弄我的
这些快乐——这些亲密的、半人的爱物

---

① 据苏姗娜·弗格森分析：这明显是对莎士比亚的戏剧《尤里乌斯·恺撒》中马克·安东尼台词的戏仿。（见苏姗娜·弗格森著：《兰德尔·贾雷尔的诗歌》，路易安那州立大学出版社 1971 年版，第 126 页）。在该剧中马克·安东尼台词原句为：“朋友们，罗马人，同胞们，把你们的耳朵借给我；/我是来埋葬恺撒的，不是来赞美他的……”

“已安慰了我空茫的人生……
我梦见过人类，而我已年迈。
没有欧洲。”这个人，山羊们，鹦鹉在他们的
小树林等待死亡；而在那里，他们的食物
在最后的雷鸣般的浪花中，大海，大海！

齐格弗里德[①]

在炮塔玻璃大圆顶中，那幽灵鬼影，死亡，
框在瞄准器玻璃中，战斗机闪烁的机翼，
柔软耀眼，一团空虚的火。如果高射炮的点点墨迹——
分散的，统计学的——炸弹丢失的图案
都是死亡，它们是玻璃下的死亡，对于昨天某人
明天某人而言，是一种偶然；而来自那里、
不在那里的战斗机的流火，
没温暖你，也没焚燃他们，然而他们死去。
在皮革、毛皮和电线下，在炮手的头骨中，
这是一个梦：而他，窥察者，内疚地
看着那人，那行动者，他天真又无辜。
事情所以发生，因为它确实发生。[②]
无需理解：如果你仍在我们
这年的战事，作为一枚子弹，一个生命

---

① 本诗题与瓦格纳的歌剧《尼贝龙根的指环》中的英雄同名，诗中的某些细节呼应那部作品，如岛屿上“这些地图的龙”，及结尾“你品尝了自己的血”。

② 出于维特根斯坦《逻辑哲学论》中的命题 6.41。

通常来说不可或缺，而特定而言
可有可无——只为了进入
视窗这么多的海里，这么多的英尺；
为了瞬息间启动理解之钢铁[①]。
如他们所说去做；如他们所说，总有一个理由——
然而这并非为你，亦非为风、速度和压力
那些不足道的事实的致命知晓者。
（自然界没有左右对错之分。）

因而炸弹落下：穿过云层落在岛上，
这地图的龙；而岛上的战斗机
从废墟中奋起，穿过盲目烟雾，飞向机群——
鼓翼中被死亡器械击得粉碎。
然而，在万无一失无懈可击的机器
里面，在钢皮，玻璃，弹夹，
任务，职责，以及——当然——死亡里面
只有你；这天真的生命
将它的疲倦、孤独和诸多愿望凝成
你全部的心愿："让今天如同以往。
让我微不足道，让我所做之事对任何人，对
任何人都微不足道。让我如同以往。"

---

① 理解之钢铁：可指瞄准投弹器（根据轰炸目标、飞机飞行高度及速度、风向风力等条件，计算准确投弹的装置），也可指操纵"钢铁"、如同钢铁的士兵肉体。

现在你回家了，永远，几乎如你所愿；
如果你重要，那几乎，如你所愿般渺小。
如果一切已变，你，仍有你的心愿
且幸运，如你对运气的估寻——真的，很幸运。
如果有所分别，如果你有所分别，并非
有别于那些生命那些城市；并非
有别于世界的战争，正义或不正义——世界的和平，战争或和平；
而是有别于另一场战争：写着你名字的炮弹
在爆裂的炮塔里，你血液的晶体
溅在裹身的钢片，时辰背负
那安静身体归返基地，它的使命已完成；
而迟钝的肉体坏死，可怖的死肉
终被抛弃——醒来，你的腿没有了，意识
这个梦，这古老的、古老的梦：它发生了，
它发生如其发生，如其发生，如其发生——

但并非因为你，外科医生的刀子，
剧院的薄雾，魔镜中满脸胡须的
衰老面孔写着；如果你醒着而理解，
总有护士，腿，麻药——
如果你理解，有睡眠，有睡眠……
读到胜利、销售和国家
在已然更改的地图上，在阳光照射的报纸中；
以皮革、金属线和柳木做成的

一条机灵的腿朝厕所蹒跚；目光穿过
草坪和树木，凝视空无，凝视当他们
把目光移开你的目光也从自移开的眼睛：你又
再次，被投落在外面的尘世
——现在你要做什么？我不知道——
就这些。如果，优柔地，站在

粉刷过的法院旁边，在枝繁叶茂的街道上，
你会望着在家中、回望你的人们，
而这有所不同，有所不同——最终你领悟了
你的世界：你品尝了自己的血。[①]

升起的太阳

断层上方那卡片房子
在一个梦中溢出；你母亲
头发的阶地内倾以藏起木枕，
光滑又令人目眩的头
在那儿晃动，一朵五色的云。
黑松上方，云带缠腰的最后顶峰
像锥形的稻米，在星光下被刷过。
明亮的火焰摇曳于盆中；

---

① 在瓦格纳的歌剧《尼贝龙根的指环》中，齐格弗里德品尝了巨龙的血后能听懂鸟语。

地板，被子下寒冷，
把狭窄的地面压进你的梦里。
大鲤鱼，一只风筝，循着它的线
径自游向你：但你正在那里骑乘，空中
一个太阳，纯净的天穹
从世界之上的六角屋顶①俯视。
壶发出嘶嘶的笑声，你鞠躬着，
月光的字符是你的名字
穿过房间裸露的古老秩序，
而你醒来。在你布满稻田、侧缘是海的平原上
雪片像花瓣，从顶峰吹到顶峰；
花瓣从顶峰飞到顶峰，宛如雪花。

矮小的、盆栽的樱桃，随着海风
而歪斜，月光下有霜：孩子，
追寻的鬼魂们为爱聚集于此，
在水滴落之处，一个持续的愿望；
浪人高视而过，佩带双剑——
杀，杀，而没死去；
你举起，正像你已举起，你的木剑——
两手紧握的巨剑；而你肥硕的胸部
闪亮，颤抖，裹着你的学校
拼缀缝补的盔甲……

---

① 在传统日本人心目中，“天”的形状类似日本建筑的六角屋顶。

在这舞台，即使墙也是丝织，而
随一种意志摇晃；颗颗头颅来自腑脏掏空、
跪着的子嗣们，墨守成规地滚动。

因而人被迫驯服，直至甚至他
公牛的内心那最古老的、
无需言明的愿望，也凭借死记
免受拷打者之害——拷打者在其道路
光荣可敬：而这是你的道路，孩子。

文书们起绒的墨汁，言说
他人命运的算板，一生又一生；
米团配以少许肉
或梅子，或花，因而得名——
是否这些是武士的礼仪——他
让一个四岁的蓝衣孩童，
向父辈及他们的父亲，冲突鞠躬？

但战争带来了一切——士兵来自人们
进入死亡愿望：引渡者[①]，
把孩子的白色骨灰从西方旋卷进
岩旁的神龛：哦，道路，

---

① 此处原文为“Deliver”（“引渡者；拯救者；交递者”），暗含像邮递员那样的投递（投弹）之意。

将抽搐的身体引向火焰，把丧服带到
盲目的烧焦的死者的
庙宇，它从你的梦中醒来，
在一只漆盒前，吸进了最后
这股枯燥的烟，在
这虚弱鬼魂的记忆中。

走近石头

孩子看到轰炸机滑过，像穿越田野的石头，
当他蹒跚地走在夏日撒满
不情愿的叶子的道路；有多少巨人
升起，俯视又消失，路边
蚂蚁们乱扔面包屑并死去。

“那人又白又红像我的小丑娃娃。”
他告诉他的母亲，她已经离开。
“那时我没哭，我没哭。”
天空，飞机们像风一样愤怒。
人民在惩罚人民——为什么？

他随口应答，他呆傻的眼睛
在那个长长的明喻中，照亮了世界。
天使们像气球在他的故事上方摇摆。
一个孩子创造一切——除了他的死——一个孩子的死。

走近石头，告诉我为什么我死去。

第二天

从“心仪”走到“乐怡”，从“乐怡”走到“全佳”①，
我拿了一盒
把它加到我的野生稻米，我的考尼什鸡之中。
这被马虎应付的，或被故意少给的，被放进篮中的，同样
采食为生的群体
是我忽略的诸多自我。智慧，威廉·詹姆斯②说，

是学会忽略什么。如果这是智慧
那我是智慧的。
然而，不知怎么的，当我从这些货架买下“全佳”
而那男孩把它拿到我的旅行车，
即使我闭上眼睛
我的现状也会困扰我。

当我年轻，痛苦，美丽
和贫穷时，我想要
所有女孩都想要的东西：一个丈夫

---

① Cheer（“心仪”）、Joy（“乐怡”）、All（“全佳”）：均为美国20世纪60年代流行于市面的洗涤剂的品牌名称。

② 威廉·詹姆斯（William James，1842—1910）：美国实用主义哲学家，心理学家。“智慧就是学会忽略什么”（Wisdom is learning what to overlook）是他的名句。

一座房子和孩子们。现在我老了，我的愿望
是女人气的：即
那个把杂货放进我的车里的男孩

看到我。他对我视而不见让我困惑。
这么多年
我已美好得可吞食：全世界都看着我
它的嘴吞着水。多么经常，它们剥下我的衣服，
那些陌生人的眼睛！
并把他们的肉体放在我的肉体中，把他们卑鄙的想象

放在我的想象中，
我也已接受
生命的机会。现在那男孩拍着我的狗
而我们开始回家。现在我很好。
那最后的被误解的、
狂喜的、意外的极乐，那盲目的

幸福，胀裂了，在手掌上留下
一些肥皂和水——
那是很久以前的事，在某个快乐的
二十年代，九十年代[①]，我不知道……今天我思念

---

① “快乐九十年代”(Gay Nineties)是一个怀旧词，指的是美国 19 世纪 90 年代的十年。这种说法在 1920 年代在美国开始使用。诗中的“快乐的/二十年代”可能是附带而来的措辞。

我那上学中的可爱的
女儿，我那上学中的儿子们。

我的丈夫在工作——我思盼他们。
这只狗，那个女佣，
和我过着一成不变的日子
在家里，在他们中。当我看着我的生活，
我只害怕
它会改变，当我正改变着：

我害怕，今天早晨，我害怕我的脸。
它从后视镜，以我讨厌的眼睛，
我讨厌的微笑
看着我。灰色发现那
普通的、有皱纹的外表
对我念着："你老了。"我老了，这就是一切。

而我还是害怕，正如我在昨天
我参加的葬礼上。
我朋友那张冰冷的人造的脸，花丛中的花岗岩，
她赤裸的，动过手术的、穿着衣服的身体
是我的脸和身体。
当我想到她时，我听到她告诉我

我看上去多年轻；我与众不同；

我想到了我拥有的一切。但
实际上没人与众不同，
任何人都一无所有，我是任何人，
我站在我的坟墓旁
困惑于我的生活，它如此平凡又孤寂。

洗涤

在这样的日子
不会吹走的东西会凝冻住。
洗过的衣服砰地抛在绳索上
在绝对的折磨中——
而当风停歇了一会儿
洗涤的衣服有着崩溃的卑惨的
人皮麻袋的面容，如
米开朗琪罗在他的《最后的审判》让自己成为的那样。①

它的极痛
发自肺腑，一如打喷嚏。

当妈妈拧了一只鸡的脖子，
那尸体东奔西闯

① 在米开朗琪罗的画《最后的审判》中，殉道的门徒巴多罗卖提着一张从他身上剥下的人皮，这张人皮的脸是米开朗琪罗自己扭曲的脸。

绕着院子转了一圈又一圈。
圆圈并非它自己所愿
但持续下去，仿佛永远不会停止。
它的身体的表达狂乱剧烈
无限
正如这声救命！救命！救命！
那眩晕的洗涤物向某人、某人尖叫。

但如同老母鸡们乐意说的，
世界并不胆小如鸡。
洗涤物栖息于一个
冷漠于洗涤的悲痛的宇宙，
一个世界——如洗涤物呈现的——
一个洗不完的世界。

小学场景[①]

在内心回望，我能看到
白色太阳像一只锡盘
在杂草那呆滞的转弯处上方；
街道晃动——一个潮湿的秋千——
孩子们在墙边一直唱歌。

① 本诗诗题“The Elementary Scene”，除了可作“小学场景”解，也可理解为“基本场景”。

女孩们门边纤弱的草，
被践踏，零落，枯黄而腐败，
而一头母牛被系住的荒野——悲哀
醒于我生命的死寂大地——
搅动，在时间眼中蜷曲得更深。

楼梯下腐烂的南瓜
用软树条捆绑，而寒冷的灰烬
仍为我保留，在它坚定的眼中，
鹤和巫婆散发恶臭的形状，
她们的小径斜下，顺着南瓜的天空。

它的星辰穿过霜冻召唤，像村舍
（大熊座，猎人座——和那不在的星的家，
黑暗中激动的孩子挣扎着入眠）
直到我，让一生依偎被褥[①]，
漂浮在小树枝上，就像它们的梦：

我，我，修复一切的未来。

---

① 此处原文为“comforter”，也有“安慰者；圣灵”之义。

诗歌笔记[①]

兰德尔·贾雷尔著　连晗生译

我最好说读者很快会看到的东西，我不想写一篇序言。我甚至不确定我被期待写哪种东西：我想，一篇文章，讲述我想要它们为何物，要它们做什么，以及诗的功能和现状。读者可能会对这些诗感兴趣；但他为什么会在乎我想要它们为何物？一想到要在几页纸中谈诗的功能或它的现状，我就感到不舒服。更糟的是，假设我说"现代"诗歌是A；然后，如果我自认是"现代"诗人，那读者可能会认为我的诗应该是A，如果我没那么认为，则我的诗不是A。我可以给出其他很多理由；但最好的理由很简单，我不希望这些诗混淆于我的生活、观点、景色或任何其他令人遗憾的伴随物。我看起来像一头熊，住在一个洞里；但你应该担心。

在这一切之后，如果我继续写我的序言，读者肯定不在

① 1940年，兰德尔·贾雷尔与约翰·贝利曼等诗人共同出版一本诗集《五位年轻诗人》，在此诗集中，他为自己二十首诗起名为：《失去一便士的愤怒》，并按编者要求写了一篇序言。本文的观点后来在作者"The End of the Line"一文中得到进一步整理和阐发。

意它？

如果你孤立地看待“现代”诗歌（庞德、艾略特、克兰、泰特、史蒂文斯、肯明斯、玛丽安·摩尔等等），那么，它比实际情况看起来既更有原创性（这是这种误会的那个讨人喜欢的方面），又更令人不安（或疯狂，或费解，或其他任何表示不赞成的形容词）；如果你把它看作是长期历史过程的最终产物，一种限度，多数情况中的一种*反证法*[①]，那么让你困惑的是为何它没早点发生。（也就是说，像它发生在法国那么早：兰波写了“现代”诗歌。我认为这些原因主要是经济上的：法国没有维多利亚时代那种减缓了英国所有系列变化的繁荣；此外，因为浪漫主义在那里更多的是一种表面现象，所以变化速度可以更快。）当我说*历史过程*的时候，我用的是这个词的全部含义，我不是指文学史的过程；如果没有伴随的经济、科学和政治上的变化——还有，主要的是——诗歌本身的变化，英语诗歌史就只是魔术师的一个目录。我并不是说我相信在文学和经济学之间那种身心平行论，在那种平行论中，文学现象只是经济现象的影子，没有它们自己的因果效力；一个文学过程一旦真正在文学中开始，它就会自行发展。但文学巨变在起源上是非文学的；产生新作品的原因，同样最终也产生它的受众。华兹华斯的诗并没产生华兹华斯追随者——那些使得华兹华斯写出十九世纪初某种类型的诗的东西，到本世纪中叶已准备了它的读者。如果诗歌是由一大群人创作，并由少数有反应的人消费，那么法则就会颠覆，而消费者

---

① 原文为“reductio ad absurdum”，拉丁文，译为“反证法”“归谬法”，字面意思即“reduction to the absurd（简化到荒谬）”。

会不得不模糊地渴望某种甚至三、四十年后都不会存在的东西。

“现代”诗歌本质上是浪漫主义的一种延伸；它是浪漫主义诗歌所希望或认为有必要成为的东西。它是浪漫主义的最终产物，一切已过去而没有未来；对我们所处的进程进行任何推断都不可能走得更远，当然也不可能停留在我们现在的位置——谁能忍受一个过渡的世纪？现代主义，就像斯宾诺莎的实体，是一个巢穴，没有小道从那儿回归：至少，没有一种东西，其创造者没与狮子达成一种谅解。这让我们想起了一些物种，它们的进化趋势远超过其最大效用，以致实际上已对它们造成破坏：巨角犀，它的体积和角都在增加，直到这物种灭绝；或者是某种盘圈复杂的甲壳类动物，它们最后几乎不能打开。浪漫主义必然是一个延伸的过程，一种向量；它是惊人的，即使当观察者把它看作一个纯粹的文学过程，不考虑迫使它走向极端的社会的各种变化。（新古典主义，理论上是一个静态系统。）在现代主义诗歌中，让浪漫主义诗歌区别于新古典主义诗歌的大多数倾向在一种过度肥大的状态中存在，但有许多因素有助于掩盖这一点：一种大的量变看起来像一种质变；最优秀的现代诗歌批评是极端反浪漫主义的，理论的变化掩盖了实践中本质变化的缺乏——由于艾略特的批评观点，许多人认为他的诗是一种古典主义；现代诗歌常常如此明显地缺乏一些浪漫特质，以至于读者忽视了它拥有的所有其他东西，尤其因为，它们中的许多东西过于常见，而没被作为特殊的浪漫而受注意；读者往往被浪漫主义所要求的持续的表层的新奇所迷惑；最后，现代诗歌中确实存在一些非浪漫主义倾向——或许是预感。我没有篇幅容纳所有这些概括所需的大量证据；但细思着一些典型的现代主义诗歌的特点：

语言相当有趣，非常强调暗示，“肌理”；极端的强度，强迫的情感——暴力；大量的晦涩；强调感觉，感知的细微差别；注重细节，注重部分而不是整体；某种类型的实验的或新奇的品质；倾向于外部的无形体的混乱的和内部的混乱——一般来说，这些都有正当理由，作为表达解体的时代所需的解体，或，替代性地，作为新发现的、更复杂的组织类型；一种极其个人的风格——提炼你的各种奇异；缺乏约束——所有的倾向都被逼至其极限；有很多注重无意识、梦的结构，完全主观的东西，诗人的态度通常反科学、反常识、反大众——本质上，他是疏离的；诗主要是抒情的、密集的——少数的长诗是抒情性的细节的集合；诗歌通常不具有逻辑性，而或多或少具有联想的、结构的戏剧性独白；等等。这种包含诸多品质的复杂性本质上是浪漫的；而展示它的这种诗歌代表了浪漫主义的至高点。

显然，我并不是说诗人们和他们的受众一起抵达这一点；这个时代的诗歌极为混杂，大多数冷漠的诗人和读者随意地分布在不同的浪漫主义早期阶段，不愿意或不能走得更远——比如说，成为文化自由主义者；或，更恰如其分地，成为残余物，不合时宜的人，幸存于哺乳动物时代的爬行动物。因为现代主义诗歌无疑是这世纪最成功、最具影响力的诗歌实体，所以在它之外的大多数优秀诗人已受其影响，这个时代最成功的诗人，叶芝，因为它而改变了他的诗，以致他的后作因为“现代”而被大部分欣赏他早期诗的崇拜者所忽视或厌恶。是什么开始削弱现代主义诗歌的巨大吸引力（在身体意义上）？那种动物般的确定性（二十多岁的年轻诗人带着它开始写实验诗）怎样了？为什么成功的现代主义诗人没有满怀信心地继续他们原初的发展路线？

现代主义诗歌发挥其吸引力，是因为它正带着浪漫主义的这些倾向，走向其必然的结局；现在大多数已抵达其结局；诗人怎么才能走得更远？怎么才能写出更暴力的诗？更混乱的诗？更晦涩的诗？比那些已经写过的诗更……（许多形容词涌向我）？而诗人们，在专业化进程的终点，或多或少意识到发生了什么。他们中的一些人试图使他们的诗符合他们的批评原则，在这过程中破坏了他们的诗：温特斯是我的经典案例，但我可以无视艾略特。（在这里，我当然不建议实践和理论要分离，我只是注意到，在一种浪漫主义前进状态中的诗人很难写出好的非浪漫主义诗歌，即使他认为自己应该写。）意象主义是一两种浪漫主义倾向的反证法，一种如此美丽而最终荒谬的倾向，以至于很难相信它根本不是作为一种逻辑结构而存在；而是什么意象派诗人认为继续写意象派诗歌是可能的？许多诗人完全停止了写作；其他的，像循环小数，重复着他们开始时的新奇，每一次都不如以前有价值。还有超现实主义诗歌，政治诗歌，以及其他所有的穷人避难所。奥登是最近唯一有影响力的诗人；这是因为，他部分地、不确定地、经常机械地代表一些新倾向，背离了现代主义浪漫主义。

我们已抵达历史进程中的一个点，在这个点上，诗人有一种不安的选择幻觉，当他也在说，“它是什么？我是什么？”他所问的它是正在消亡的传统（它消亡，因为它所代表的世界在消亡）——这些决定因素，它们曾是公理，既不允许不一致，也不允许理解；今天，对他来说，它们不再在决定：木偶不情愿地寻找另一只手。于是诗人们无情地重复旧物，或者对新事物作出自己的猜测；与此同时，数量正在转化为质量，水变成了蒸汽——今天，对大多数欧洲国家而言，甚至选择的幻觉也不可能了，我们看到，或将看到，文学正在最严格、最直接的意义上由经济状况决定。

我并不是说，现代主义诗歌是浪漫的，因此不好；浪漫，当我用它时，它是一个中性的描述性术语。我希望强调现代诗歌和浪漫主义诗歌的基本亲缘关系，因为正是它们的各种差异被两种常见的关键立场所坚持：那种本质上是维多利亚时代人的观点，把玄学派诗歌、十八世纪诗歌和现代诗歌看作是对真正的英诗传统的令人遗憾的分离，这种传统从伊丽莎白时代诗歌（比如，斯宾塞和莎士比亚）和弥尔顿一直跳到维多利亚时代的浪漫主义；另一种观点，赞同伊丽莎白时代诗歌、玄学派诗歌和现代诗歌，容忍十八世纪诗歌，而谴责维多利亚时代诗歌和浪漫主义诗歌。

我没有篇幅留给证据、限定或具体信息——而需要大量证据、限定或具体信息；我希望读者能宽容地对待一幅试探性的草图。在读这篇文章之中，读者可能会好奇地想，“他真的认为自己写的是那种取代现代主义的诗？”让我像故事中的那个人一样回答，“我必须婉拒这温和的弹劾。”但我抱歉我需这么做。

弹蓝色吉他的人

华莱士·史蒂文斯著　倪志娟译

作者简介：华莱士·史蒂文斯（Wallace Stevens，1879—1955），美国著名现代诗人。

译者简介：倪志娟，女，1970年10月出生，杭州电子科技大学人文与法学院教授，哲学博士。出版个人诗集《猎·物》（北岳文艺出版社，2016），译作美国当代女诗人玛丽·奥利弗诗集《去爱那可爱的事物》（外语教学与研究出版社，2018），雷·阿曼特劳特诗集《精深》（北岳文艺出版社，2019）

I

这人俯身他的吉他，
如持剪刀者中的一员。日子是青色的。

他们说："你有一把蓝色吉他，
你弹奏的事物并非如其所是。"

这人回答:“如其所是的事物
被这把蓝色吉他改变了。”

他们又说:“但你必须弹奏,
一只超越我们却又是我们自身的曲子,

一只蓝色吉他上的曲子,
让事物如其所是。”

Ⅱ

我无法提供一个圆融的世界,
虽然我尽可能修补它。

我歌唱一个英雄的头颅,巨大的眼睛
和有胡须的青铜,但它不是一个人,

虽然我尽可能修补他,
通过他几乎抵达了人。

如果弹奏小夜曲几乎抵达了人,
由此却未能让事物如其所是,

那么是这只一个人的小夜曲
弹奏着一把蓝色吉他。

Ⅲ

哈，但是请弹奏头号人物，
将匕首刺进他的心，

将他的大脑搁在木板上
挑出辛辣的颜色，

将他的思想钉在门上，
让它的翅膀伸及雨和雪，

敲击他的生活，嗨，嚯，
让它滴答走动，让它变为真实，

砰砰地撞击它，在一种野蛮的蓝色上，
激响弦的金属……

Ⅳ

因此这即是生活，那么：事物如其所是？
它在蓝色吉他上选择它的路。

一根弦呈现了一百万个人？
以及他们存在于事物中的所有行为，

他们所有的，正确或错误的行为，
他们所有的，软弱或坚强的行为？

情感疯狂而狡猾地叫喊，
就像一只苍蝇在秋天的嗡嘤，

这就是生活，那么：事物如其所是，
蓝色吉他的嗡嘤。

V

不要对我们说诗歌的伟大，
以及地底飘荡的火把

和一星光亮之上墓穴结构的伟大。
我们的太阳中没有阴影，

白天是欲望夜晚是睡眠。
处处都没有阴影。

大地，对我们而言，一览无遗。
没有阴影。超越音乐的诗歌

必须取代
空洞的天堂和它的赞美诗，

诗歌中的我们必须取代他们，
即使在你吉他的嘈杂中。

Ⅵ

一只超越如其所是的我们的曲子，
但没有什么被蓝色吉他改变；

我们自己在曲子中如同在空间中，
但没有什么被改变，除了如其所是的

事物的位置，因此，当你弹奏他们时，
只有位置在蓝色吉他上

被定位，超越变化的维度，
在终结的氛围中被领悟；

终结的一刻，如同艺术思考
终结了，此时，

神的思考是烟雾状的露珠。
曲子是空间。蓝色吉他

成为事物如其所是的位置，
一种吉他意念的构成。

Ⅶ

是太阳分享我们的劳作。
月亮什么也不分享。它是一个大海。

当我提及太阳，
说它是一个大海；它什么也不分享；

太阳是否就不再分享我们的劳作，
而大地与匍匐的人，

与毫无温度的装甲虫共生？
那么，我是否应站在太阳中，如同此刻

站在月亮中，称之为善，
从我们身上剥离，从如其所是的事物中剥离的，

洁净，仁慈的善？
不再是太阳的一部分？只是

远远站立，称之为仁慈？
蓝色吉他上的弦冰冷。

Ⅷ

湿漉漉的雷滚过
生动、华丽、臃肿的天空，

暴雨从清晨下至夜晚，
云层汹涌，明亮，

冰冷的和弦上沉重的情感
努力朝向激情的合唱，

在云层中哭泣，裉空中
金色的敌人激怒——

我知道我慵懒、沉闷的弹拨
就像一场风暴中的理智；

而它却携带风暴去承受。
我弹拨它，遗弃它。

Ⅸ

在色彩中，在空中黯淡的
蓝中，蓝色吉他

是一种形式，被描述，却难以被描述，
我只是一个影子，伏在

箭一般静止的弦上，
一个尚未被创造之物的创造者；

色彩就像一个念头，从基调中
产生，演员悲剧的

长袍，一半是他的姿态，一半
是他的言辞，他意义的外衣，浸透了

他忧郁话语的丝绸，
他舞台的天气，他自己。

X

举起最红的柱子。敲响一只钟，
拍打充满锡的空洞。

将文件扔在大街，死者的
遗嘱，在他们的封印中保持庄严。

而美丽的长号——目睹
他的靠近，一个既无人相信

又被所有人误认为所有人都相信的
异教徒，坐在锃亮的汽车中。

在蓝色吉他上滚动一只鼓，
从顶端倾斜。大声叫喊，

“我在这里，我的敌人，
面对你，吹响敏捷的长号，

然而带着一点点苦楚，
内心，一点点苦楚，

你终结的永恒序曲，
这倾覆人和岩石的抚触。”

XI

慢慢地，石头上的常春藤
变成了石头。女人变成了

城市，孩子变成了田野，
而波浪中的男人变成了大海。

是和弦制造了假象。
大海交还男人，

田野诱捕孩子，砖块
是一株野草而所有的苍蝇被捉住，

无翅，枯萎，却仍旧活着。
嘈杂声只是变大了。

在更幽深的，时间肚腹的
黑暗中，时间在岩石上生长。

XII

咚-咚，是我。蓝色吉他
与我合而为一。管弦乐队

用脚步拖沓、高如厅堂的男人
充斥高大的厅堂。诸多旋转的噪音，

一切言语，减弱，
化为整夜无眠的他的呼吸。

我知道那胆怯的呼吸。我从何处开始
何处结束？当我弹奏事物时，

我从何处捕捉
那严肃地宣称

不是我却又
必须是我的事物。它不可能是别的什么。

XIII

沁入蓝色的苍白
是正在腐烂的苍白……哦,我的,

蓝色的芽或黑魆魆的花。满足——
扩张,传播——满足于

不谙世事的傻瓜的幻想,
蓝色世界纹章的

核心,一百个下巴蓝色的圆滑,
好色之徒燃烧的形容词……

XIV

一束,又一束,接着
一千束光放射在天空。

每束光既是星星又是球体;白天
是他们的盛大。

大海附加它的褴褛。
海岸是抑郁的薄雾之岸。

有人说起一盏德国枝形吊灯——
一支蜡烛足以照亮世界。

它使之显形。即使正午
它也在本质的黑暗中闪耀。

夜晚，它照亮水果和红酒，
书和面包，事物如其所是，

在一种明暗对比中，
有人坐着，弹奏蓝色吉他。

XV

毕加索的画，《累积的
破败》，我们自己的一副肖像，

现在，是否成为我们社会的写照？
我是否坐着，变形，一只赤裸的鸡蛋，

来得及告别，丰收的月亮，
却没有看见丰收或月亮？

如其所是的事物已被破坏。
我呢？难道我是一个死去的人，

坐在食物冰凉的餐桌前？
我的思想是一种回忆，并不存在于当下？

地板上的那个点，无论它
是红酒还是血，它都是我的？

XVI

大地不是大地而是一块石头，
不是人们摔倒时搀扶他们的母亲，

而是石头，而就像一块石头，不：不是
母亲，而是一个压迫者，而就像

一个压迫者，向他们抱怨他们的死亡，
如同抱怨他们活着的生命。

活在战争中，活着去战斗，
去终止这悲哀的古弦乐，

去修缮耶路撒冷的下水道，
去激发圣像的光环——

将蜜放在祭坛，然后死去，
你们这些内心凄苦的情人。

XVII

这人有一个模型。但不是
它的动物。天使般的人们

说起灵魂，精神。它是
一只动物。蓝色吉他——

它的爪子在上面提议，它的尖牙
诉说它荒凉的日子。

蓝色吉他是一个模型？是壳？
好吧，北风终究会吹响

一只号角，在号角上它的胜利
是一只蠕虫，正在一根稻草中创作。

XVIII

在一场梦中（姑且称之为一场梦）
我能相信，面对客体，

梦不再是梦，而是一种物，
如其所是的事物之一，如同蓝色吉他

被长久弹奏之后，在某些特定的夜晚
对感官的触动，不是手的，

而是感官，如同他们触动
风的光泽。或者如同白昼之光降临时，

悬崖镜像的光
从元初的大海升起。

XIX

我可以将怪物还原成
我自己，那么也许是我自己

面对着这个怪物，不止是
它的一部分，不止是怪物似的弹奏者，

弹奏着它怪物似的鲁特琴之一，不是
独自一人，而是还原怪物，成为它，

两种事物，合而为一，
怪物的弹奏和我自己的弹奏，

或者，更好的是，根本不是我自己的弹奏，
而是那种物的弹奏，它的智慧，

是鲁特琴中的狮子，
在狮子被锁进石头之前。

XX

在生命中除了人的理念还有什么，
在生命中，除了好空气，好朋友，还有什么？

它是我信任的理念？
好空气，我唯一的朋友，信任，

信任应是一个满怀爱的
兄弟，信任应是一个朋友，

比我唯一的朋友，好空气，
更友好。可怜的，苍白的，可怜的苍白的吉他……

XXI

众神的一个替代者：
这个自我，不是高高在上的金色自我，

不是孤独的，影子被放大的，
身体的主人，俯视着，

如同此刻，号称最高的，
高居于辽阔天空的

彻科鲁瓦的影子，
也不是孤独的，领地的主人和居住在

领地之上的人主，崇高的主。
一个人的自我和其领地上的山脉，

没有影子，没有放大，
只有肉体，骨头，尘土，石头。

XXII

诗是诗歌的主题，
诗歌借此提问并

返回此处。在这两者之间，
在提问和回归之间，有一种

现实的缺席，
事物如其所是。或者我们如此说说。

但这些可分吗？难道它是
一种为诗歌的缺席，在那里

获得它真实的外表，太阳的绿，
云的红，感受的大地，思考的天空？

它从中获取。也许它会给与，
在宇宙的交融中。

XXⅢ

一些最终的解决办法，就像
与送葬者的二重奏：一种声音在云端，

另一种在大地，一种是苍穹
之声，另一种是酒的芬芳，

苍穹之声占据上风，雪中
送葬者的歌声激昂，

花圈放大的呼告，云端的
声音沉静，终止，接着

呢喃的气息沉静，终止，
想象与现实，思想

与真理，诗和事实，一切
疑虑消散，如同有人

有节制地弹奏，年复一年，
触及事物如其所是的本性。

XXⅣ

一首诗如同泥泞中发现的
弥撒书，为年轻人而备的弥撒书，

学者极度渴望那本书，
渴望一整本，或其中一页，

或至少一句格言，那句格言，
一只生命之鹰，那句拉丁文的格言：

去领悟；为静观而写的弥撒书。
去直视鹰的眼睛，去畏惧，

不是畏惧眼睛而是畏惧它的欢愉。
我弹奏。但这是我所思考的。

XXV

他将世界顶在他的鼻子上，
以这种方式他给出一次投掷。

他的长袍和象征，哎-咿-咿——
以那种方式他转动事物。

阴郁如冷杉，液态状的猫，
在草地上无声走动。

他们不知道草地在旋转。
猫拥有猫，草地变灰，

而世界拥有世界，哎，这种方式：
草地变青，草地变灰。

鼻子是永恒的，那种方式。
事物如其曾是，事物如其所是，

事物如其将是，不久之后……
一根胖胖的拇指奏出哎-咿-咿。

XXVI

世界在他的想象中被清洗，
世界是一道岸，无论声音，形式

或者光，都是告别的遗迹，
岩石，是告别的回声的遗迹，

他的想象回到那里，
它从那里加速，空间中的一道障碍，

堆积在云端的沙，与蓄意谋杀的字母表
抗争的巨人：

成群的思想，成群的
不可企及的乌托邦之梦。

一种山间音乐仿佛总在
坠落，行将消逝。

XXVII

是大海染白屋顶。
大海在冬天的空气中浮现。

是大海被北风所创造。
大海存在于飘落的雪花。

这阴郁是大海的黑暗。
地理学家和哲学家，

如此认定。但对那咸味的杯子，
对屋檐上的冰凌而言——

大海是一种嘲讽的形式。
冰山背景讽刺

恶魔，他无法成为他自己，
他来回走动，变换着移动布景。

XXVIII

我是这个世界的土著，
像一个土著那样在其中思考，

老天，不是思考着我称之为我自己思想的
精神的土著，

而是土著，一个世界的土著，
而就像一个土著在其中思考。

它不可能是一种精神，一种波浪，
水草在其中流动，

却被固定为一帧照片，
一种风，死去的叶子在其中飘零。

我在这里吸入更深沉的力量，
如我所是，所说，所行走，

事物如我所想
即是说它们在蓝色吉他上。

XXIV

在大教堂，我坐着，独自一人，
阅读一份简洁的评论，说，

“墓穴里的品味
与过去和节日相对。

外部，在大教堂之外的，
用婚礼颂来平衡。

因此要坐着，让事物平衡
至静止的点，

说它像一种面具，
就要说它也像另一种，

要了解平衡不是绝对静止，
面具，无论多么相似，总是古怪的。”

形状是错误的，声音是虚假的。
钟声是公牛的吼叫。

而圣方济各会的宗师绝不会
比在这丰腴的玻璃中更像他自己。

XXX

我将就此提升一个人。
这是他的本质：古老的傀儡，

将他的围巾挂在风中，
就像舞台上被吹荡的某种事物，

他的支撑物被研究了几个世纪。
最后，不管他的仪态如何，他的眼睛

如同公鸡立在电杆的十字架上，
支撑着沉重的缆线，穿过

奥克西迪亚，平庸的郊区，
它全部的费用有一半被支付。

露珠明灭，板噼啪作响，机器上
带盖的烟囱口喷吐火焰。

瞧，奥克西迪亚是种子，
从琥珀色的荚中脱落，

奥克西迪亚是火的灰烬，
奥克西迪亚是奥林匹亚。

XXXI

野鸡将睡多久……
老板和雇员争辩，

斗殴，制造他们的滑稽事件。
沸腾的太阳将会沸腾，

春天闪耀，雄鸟鸣叫。
老板和雇员聆听

并继续他们的事件。这鸣叫
将折磨灌木。这里，

没有地方能容纳，被固定在精神中的，
天空博物馆中的云雀。雄鸟

依靠爪子安眠。清晨不是太阳，
它是神经的姿态，

仿佛一个迟钝的弹奏者领悟了
蓝色吉他的微妙。

它必须是这狂想曲，事物
如其所是的狂想曲，除此别无可能。

XXXII

扔掉光，定义，
说说你在黑暗中所见的，

这种或那种，
但请不要使用陈腐的名称。

对空间的疯狂，
对它滑稽的增殖一无所知，

你将如何在空间走动？
扔掉光。当形状的壳已被摧毁，

没有什么必须站在
你和你选择的形状之间。

你如你所是？你是你自己。
蓝色吉他使你惊讶。

XXXⅢ

一代人的梦，沦陷
在泥沼中，在星期一肮脏的光中，

它，就是他们所知道的唯一的梦，
时间在它最后的街垒，将要降临的

不是时间，而是两个梦的争执。
这是将要降临的时间的面包，

这是它真实的石头。面包
将是我们的面包，石头将是

我们的床，我们将在夜晚安眠，
在白天遗忘。除了那些时刻：

我们选择弹奏
想象的松树，想象的松鸦。

小说
Novel

姐（钱浩）

作者简介：钱浩，1984 年生，天津市人，清华大学人文学院哲学系硕士、中文系博士。主攻比较文学与叙事学理论，热爱小说创作，喜好现代主义手法的运用与新探。现任教于北京联合大学中文系，主讲外国文学史、大学书法等课程，同时致力于音乐美学研究与作曲。

1. 美术

美术这东西该怎么教呢？某些孩子一旦拿起画笔，就会变得极其执着和任性。他们画下飞驰的想象，画下笨拙的自由，灵感都不知是从哪来的，那股认真劲也往往超过成人。这时候技法啊，逻辑啊什么的，仿佛都成了过时的东西。

最让人无奈的，就是那种上满了全部课程手底下也毫无起色的。对于这样的学生，老师的话就是一种背景噪声而已。看久了这种创作，你会从心底喊出"救救孩子"这四个字。

2. 战士

比如有这么一叠画就很折磨人，它上边只用黑色，而且颜料的重量估计比纸还要沉。

“这到底是什么呢？一张又一张的已经画了几十天了。”

“这是一个战士，他骑着黑马。”

“人家都画白马王子，你画黑马战士？”

“他骑着黑马打仗，所以他永远不死。”

“……那，他永远不死，你就要永远地画下去吗？”

“对，我要画。”

其实问题并不在“黑马”或者“不死”，而是这个英雄自身也是一团漆黑的——他的身躯、头盔、面容，还有他那根探出去的奇形怪状的武器，都是用粗犷的黑线纠缠而成的，也就是说，整个都瞎在了一起。

更要命的是，这个战士一直都是在密林里——而且是夜晚的密林里作战。据作者说，他必须得战斗到白天，天一旦亮了，他也就胜利了，可是只要敌人没被杀完，天也就亮不了，他也就不能停下来。

真够让人头疼的。

而敌人又是谁呢？看不太清楚，那是一群群类似乌鸦的东西。它们在树林中三五成群地飞着，在枝上密匝匝地落着，战士就用他那根粗糙的兵刃在马上砍。这个作战效率估计是不高的。看来仗是打不完了。

“我说这也太浪费黑色了吧？你就不能经济一点、简约一点吗？比如用一点黑画出一些白色来？也可以多用几种别的颜色。”

“黑色能画出白色吗？”

“当然能，太能了，你好好想一想。作画这种事不是笔墨越多就越好，明白吗？”

“可这是英雄的故事。”

“这根本就不是故事。故事要有情节，不能老是一个场面，人物也起码得有两个。”

“敌人不算是人物吗？”

“那些鸟哪是人物呢？它们连句话都没说过。”

“怎么没说过，它们死时都‘啊’了一声。”

“这不能算。动物如果是人物，你就要给它人格，给它一个我们这样的心灵，明白吗？另外，也不要总这样打打杀杀的，想些和平一点的、温情一点的事不好吗？”

3. 妹妹和姐姐

真没想到，很快就有了改观。

再看纸上，黑色一下子就极少了。干干净净的背景上，只画了一个不大的东西：

> 一个不太规则的略扁的圆，圆里一左一右有两个黑点，距离挺远，那是眼睛，中间靠下的地方是一个涂黑的小的扁圆，那是鼻子，鼻孔是黑色中两个竖着的白点。这张胖脸的左右上角是一对黑色的、接近三角形、略似莲花瓣状的小耳朵。腿呢？原来就是脸颊下边短短的两块东西，好像只是为防止这张脸左右滚动而作的一点支撑。

“干吗要画一只小猪？”

“这不是猪，是人物。”

"猪怎么成了人物?"

"它是猪,同时又是个人,因为它有我们的心灵。"

矛盾,但又不可思议。为什么不可思议?因为小猪的那两只眼不过是两个点——把句号涂实了那么大的两个黑点,但只要看上那么一会儿,竟然就有一份特别质朴、特别认真的目光向你投来,好像它极端信赖着你而又识别不出任何欺骗。两眼的距离,加上下边这个鼻子和这么一张脸,显然又是一副傻傻的样子,这种傻相也明显是人才会有的。

"好吧,然后呢?"

没想到顷刻之间,在猪的右边,又画了一个姑娘。

姑娘的身上有了真正的色彩。她有裙子,有外套,有长发,有帽子,有包包,有睫毛和眉毛。不过她的脸是偏大偏圆的,这一点就和她身旁矮上四分之三的小猪似乎有了点联系,有了种和谐。

"这是?"

"这是她的姐姐,她是她的妹妹。"

真是大开脑洞。"人怎么可以是猪的姐姐呢?"

"因为姐姐既是人,也是小猪,她的妹妹既是小猪又是人。所以她们是姐姐和妹妹。"

矛盾更深刻了。

"这样的人物关系真是从来也没见过。你是怎么想出来的?"

"……"作者没有回答出来。

"好吧,既然你说她们是姐妹,那就让她们在纸上做做姐妹好了。不过她们叫什么名字呢?多大年龄?这样的姐姐和妹妹该怎样相处呢？她们住在哪？从哪来的，又要到哪里去？她们每天都干些什么呢？这些都有吗？”

“嗯……有的有，有的没有，有的现在还不知道。”

“不管怎么样，这两个形象要比黑马战士好很多了，至少是省墨了。那你就让她们有一些故事吧，不要轻易放弃她们。”

作者点点头。

其实很难想象这样两个形象能产生什么样的故事。

4. 起名字

故事是从名字的问题引起的。

首先得知的是妹妹的名字。妹妹的名字竟然是姐姐给起的。

姐姐是这样想的：“世界上有傻子、呆子、疯子、茶子……唯独没有笨子，那就叫她笨子吧。”这样就起好了。

从这句话里可以看出姐姐是个学生。

而这个笨子显然就笨多了，据作者说，她一开始并不知道这名字有不好的意思，很久之后她才慢慢发现。这才会有另外的两幅画，叫“改名字”——姐姐匆匆忙忙地往左走，笨子向左追在脚后；姐姐匆匆忙忙地往右走，笨子向右追在脚后。

她的侧面形象是一个没有棱角的白色肉块，鼻子是一个短短的圆柱体，屁股上有个卷圈的小尾巴。

两幅画中她说着同样一句话：“姐，你得给我改名只（字）。”姐姐则置之不理。

不难想象，姐姐可能会在心说：“哼，长成这个样子还想叫好听的名字！”

当然也不难推知，她原本向别人介绍自己时可能是很自豪的：“我叫笨只(子)，是我姐给我起的名只(字)。”然后某一天，一个不怀好意的小伙伴听到后捂着嘴咕咕笑起来，告诉了她“笨”是什么意思。她由不信到信，这才提出要改。

看来爱美之心，猪亦有之。不过据作者说，笨子对姐姐始终是特别崇拜的，改名字的事后来也就拉倒了，姐姐说什么就是什么。

“其实想一想，这名字倒也算合适——谁让你把她画成了这副样子呢。我看姐姐的思路不算不对。”

“嗯，应该听姐姐的。”

“不过，连‘笨’的意思都不知道，那她是不是很小？她到底几岁呢？”

“她……她也不知道自己几岁，这个她也得听姐姐的。”

更荒唐了。

“那她连自己什么时候出生的都不知道吗？”

“不知道。”

“那她也从来没过过生日了？”

“没有。”

“那你有没有想过，名字的事都会让她追着姐姐不放，那她要是看见了别人过生日，岂不更得追着姐姐问到底吗？”

“是啊。”

“现在你的画面上确实是‘和平’了，但‘温情’上还有点不够。要不就让笨子过一次生日吧，你说呢？”

5. 生日

于是，生日宴就在一组画里举行了，权且标志着她的诞生。

这是一次不知道是哪天也不知道是多少岁的生日。

画面的中心是一个蛋糕，小得就像一块覆盖着奶油的蜂窝煤，而且没有任何装饰。

烛光照亮了笨子的脸。猪脸上顶着一个皇冠。

蜡烛只有一根，但显然不是一岁的意思。

蛋糕的另一边，暗处，是一些乱石堆似的线条，代表着数量不明的几个小伙伴，其中可能有人模样的也有动物模样的。这画法和勾勒闹市上的看客差不多。

第一幅图上就是这些。

没有姐姐。

“为什么姐姐没来呢？”

“不知道，姐姐在别处，反正这天她没有来。”

好吧，先不追问了。

第二幅图中，笨子的面前多了几个礼物盒，这时她在幸福地笑，两个眼睛变成了口朝下的括号。这么高兴的时候估计是很少有的，也可以说是历史性的。而那些礼物，估计最贵重的一件也就是一包饼干的样子。

下一幅图中，小伙伴们问出了一句话：“笨子，你多少岁了？”

笨子的回答是：“我听我姐的，我姐说我几睡（岁）我就几睡（岁）。”

根据作者的模仿可知，笨子的声音就像她的外表一样敦敦傻傻的，有点像是把头伸进一只缸里说话的那个效果。另外，发音虽是普通话，但 z、c、s 都变成了 zh、ch、sh，这也是为了增添一点傻气吧？

然后，小伙伴中又有人说：“笨子，许个愿吧。”这是个重要的事。

明白了什么是“许个愿”之后，笨子的眼睛从弯线又变回到两个黑点，看起来一脸的认真，好像既感动，还有点伤感。

然后她就把许的愿说了出来：“我……我只是希望你们不要吃我。”

下一幅图里，只是没了这句话，其他都没变。这表明他们是静默了几秒钟。

再下一幅图里，小伙伴们才有了回应：“啊，笨子，怎么会呢！”

那个静默竟成了生日宴的高潮。

可能是为了缓解气氛，接下来有人问了句：“笨子，你是什么星座的啊？”

笨子说：“星座(zhuò)？我要问我姐，我听我姐的。”

组图到此结束。

“问题是，猪有星座吗？”

“猪如果没有，那为什么人有？”

这问题乍听简单，可深想下去简直没有尽头。

6. 特别大的学校

“她姐究竟去哪了呢？不和笨子在一起的时候，她会在哪？”

“姐姐在一个‘特别大的学校’。”

“什么叫‘特别大的学校’？”

“这是笨子的话，每次介绍自己的时候她都会这么说。”

“她的自我介绍怎么会说到这个？要不你给画一画看？”

于是就有了这样一组图：其中，笨子的正脸形象和她的话是不变的，变的只是周围的东西——有时是冬景，有时是夏景，有时是一个人在听，有时有几个人在听，有时根本就没有人，四周一片空白，好像是面对读者在自白。

她一直是这么说的："我叫笨只（子），是我姐给我起的名只（字），我姐特别的厉害，寨（在）一个特别大的学校，我姐还漂亮……"

可见对她姐是多崇拜了，连做个自我介绍都很快拐到姐姐那去，带着一种自豪。

明白了，这个"特别大的学校"估计就是"大学"的意思吧。

"那为什么不把姐姐在这个学校的情景画一画呢？这可以附到'自我介绍'的后边。"

作者真的去画了。

果不出所料，那是一个宽阔而有气氛的地方。一身秋装、围着围巾的姐姐走在一条又长又清净的路上，路旁有高楼、雕塑、整齐的自行车和成排的大树，那些树枝远远地伸进灰色的天空。密密麻麻的树梢里又有一些密密麻麻的黑东西。

"那些是乌鸦吗？"

"嗯，全都是。"

"又是乌鸦，乌鸦怎么又来了？"

"所有的故事里都应该有乌鸦。"

这是什么逻辑？

7. "十二橡树"

据作者说，笨子早就想去这个学校找姐姐，已经磨了很多次了。她的愿望就是在一个有太阳的下午跟着姐姐一起看遍那里的每一个地方。

“为什么不让她去呢?”

“不知道。”

“没有理由不让她去啊,她的要求又不高。”

“嗯,那好吧。”

因此姐姐终于同意了,这就是“去学校找姐姐”这组图的开头。

姐姐说:“好吧,那明天中午我们在‘十二橡树’见吧。”

笨子顿时顶了个问号。

姐姐解释说,“十二橡树”是学校门口的一家咖啡厅,它叫“十二橡树咖啡”。明天先在那碰面,在那可以吃午饭。然后又把路上该怎么走告诉她。

笨子仰着脸专注地听,使劲地记,终于都记住了。最后她问:“姐,那我明天寨(在)哪一棵树上等你?”

姐姐的脸变成了紫色:“你傻不傻呀!‘十二橡树’不是树!是咖啡厅!”姐姐生气的时候脸会胀大,变颜色,咧大的嘴和下巴一起变形,眼睛朝斜下方鄙视地看着她。

笨子发着愣,脑中所浮想的十二棵树纷纷倒下,建成了一所房子。

她果然按时出发了。

第二天刚一跳上公交车,就有个瘦男人抱着膀子笑起来:“哈哈哈,猪还坐什么车!”

笨子弱弱地说了句“我不是”,然后开始动脑筋买票。路上她还给别人让了个座,紧接着司机一刹车,她就从车后滚到了车前。那个瘦男人又笑起来。

“十二橡树”果然没有树。她看了看,然后也和别人一样进了旋转门。靠窗有个空座,她就爬上去,开始傻傻地等。

然后的情节就是姐姐来了,说话之间,笨子却越来越迷糊,直至昏倒,学校根本没有去成。这是因为在等姐姐时她喝了两口桌子上的一瓶肥皂水,那是清洁工忘了拿走的,她却以为是姐姐为她放在那的。

这么叙述当然没有太大毛病,只是肥皂水有点讲不通,要是改成这样会不会更好呢:

一天中午,咖啡厅里坐着一个男人和一个冷艳的美女。男人朝对方紧盯着看。美女起身说:“我去一下洗手间。”然后扭动着腰肢离了席。男人迅速掏出一个纸包,奸笑着把粉末撒进她的杯里。粉末迅速溶解。美女回来了,说:“我还有事,得走了。”男人说:“着什么急嘛,你的饮料还没喝呢。”脸上的笑极不自然。美女说:“不了。”男人一脸失落,无奈地跟着走了。刚走,笨子就坐到了这,开始等姐姐。“唔? 水?”她以为是姐姐为她放在这的,等得渴了,就喝了一半。过了一会,姐姐来了,开始的几句话是夸她聪明,能找着路,可后面的几句她就有点听不清了,感觉脑子跟不上了。

“姐,我枕(怎)么越来越困……”她的眼睛由黑点变成了横线。

“你呀! 瞧你这点出息!”

这时姐姐那张不满意的脸也模糊了,然后连姐姐带桌子忽然就飞走了。

姐姐发现不对头,开始救她。可是医院是从来不给猪看病的。

“那怎么办?”

“只能回家,在家睡了两天才醒过来。对了,她们到底有没有家? 有没有一个住的地方呢?”

“还没有。”

“这个可以有啊,你好好地想一想。”

8. 坑边

谁知很快就有了着落。

“她们住在坑边,那是一个浪漫的地方。”

“什么叫坑边?”

“住在几个大坑的旁边。”

“坑有什么浪漫的? 浪漫的话,起码也得是水边啊。”

“坑里没有水,只有草,坑的周围也是草,还有树,还有石头,水都在这些草、树和石头里。坑边有一个房子,她们就住在里面。”

“好吧,那就把这个地方画下来看看吧。”

于是费了一番工夫后,就有了一张既平面又三维的绿意盎然的地图。

原来,这整体上是个类似餐盘的地方。那些坑就像餐盘上的几个放菜的凹槽,底部是平的,大,但并不深,里面长满了草。坑边,以及坑与坑之间全是小路,路两旁是浓密的绿篱和树木,某些地方还有隆起的小丘和几块山石。“餐盘”的东南角有个瓦顶的小房子,就是所谓的住处。这里只住着她们吗? 不。往最北和东北边看,那里还有几栋居民楼,只是不见有人在外面。画面的西北角还有一个挺大的长方形的建筑,据作者说是个超市。

与餐盘不同的是，整个这块地方的最外围是一圈围墙，大门朝南开。像公园吗？又不太像。

“在这个房子里笨子过的生日。也是在这个房子里，笨子醒了过来。”

好啊，起码算是住有所居了。

9. 能

“笨子醒来后还好不？”

“她说：‘姐……我寨（在）哪？’然后就变得更傻了。”

“可别了，醒来就足可以了，她本来就已经很傻了。”

“她愿意为了姐姐变得更傻。”

这是什么话？怎么叫变得更傻？

作者没有直接回答，而是用了一组四联漫画把这句话诠释出来。看了这四幅图，才知道这意思确实是难以言表的：

第一幅图里，姐姐正在床上看书，笨子在地上呆看着她。第二幅图里，姐姐转脸看向笨子，一副挖苦的表情，说：“笨子，你能不能再傻一点？”第三幅图里，笨子说：“能。”姐姐愣住了。第四幅图里，姐姐说：“好吧，你做到了。”笨子又顶了个问号。

这就理解了。

“能不能再……一点？”是一句流行语，意思是实在太如何如何了，其实是个感叹，而不是发问，比如“能不能再可爱一点？”意思就是“实在太可爱了，不能比这再可爱了。”而笨子之所以毫不犹豫地就说“能”，是因为在她这，姐姐无论有什么样的要求她都会立刻答应，不管她听没听懂说的是什么。

真是一颗赤胆忠心。

10. 电视

“她还愿意为姐姐治病。”

“这话怎么讲？她怎么治病？”

“她不会治，但是她愿意治。”

“她能怎么治呢？”

关于“治病”的事，只看两幅图就搞清楚了——

第一幅图里，姐姐还是在那看书，笨子走过来，莫名其妙地说了一句：“……姐，如果你病了，我愿意为你捐骨水（髓）。”姐姐转脸看着她。第二幅图里，近处是笨子的背影，前方是一台电视，电视里有个标题栏似的东西，表明它是个新闻节目，画面里是一个穿着病号服的老人躺在医院里。很显然，笨子的想法是受了电视的影响——她以为只要是得了病都必须得捐献骨髓才能治。

“看来她愿意为姐姐付出一切。”

“是啊。”

“那她说了这句傻话之后，姐姐又说了什么呢？”

“姐姐说：‘哼，看来你还有点良心。’”

“这是不是在逗她？”

“应该是吧。”

“不过她能看懂电视，这也是不容易了。”

“她能看懂的东西其实不多。”

“怎么个不多呢？她都能看懂什么？”

关于这个问题，作者是用很多幅图来说明的。这种说明的确要比语言描述强很多。

这是一组八联漫画：第一到第五个图，同样都是一个猪屁股和前方一台电视，区别只是屏幕里的内容不一样，意思是在这些节目面前，她是没有任何反应的。

图一的屏幕里，是一个金光灿灿的皇帝和一群趴在地上的人。图二，是几个小提琴手正在表情严肃地拉琴。图三，是一个歪戴帽子的女人正躲在墙后用手枪瞄准。图四，是两个坐在沙发里的人正在对话，其中一个跷着二郎腿，扭着脑袋，不知在说着什么。图五，是一艘太空船正朝着一颗疙疙瘩瘩的星球靠近。

对这些东西，笨子是无动于衷的。

第六个图上猪屁股没有了，屏幕拉近了，上面是一个外国男人把几枚鸡蛋放进一顶帽子里。第七个图，是长着胡子的另一个外国男人把帽子戴在了头上，一团东西流下来。他暴怒地说："你这个书店一辈子也别想开！"第八个图，是笨子的笑脸，"呼呼呼呼"，她开心地笑了，说明只有这个内容她看明白了。

在这组图画面前，欣赏品味的问题好像就不是那么重要了。只要一个人还不是太冷酷，他就会在这里暂时放下这种尺标。

也不难想象，找到能看懂的东西对于她来说是件很累的事。别人看电视都是看到累，她是一直找，找到累，找到最后干脆就跳下沙发把电视关了，说一句："涮(算)了。"

"应该是这样吧?"

"就是这样。"

11. 漂流瓶

"那让她上一上网，会不会更好一些呢?"

摇头。

看来不太妙。

原来，那种体验还远不如看电视。

她受到过伤害。

以前，姐姐用电脑时她总会在旁边看着。这分为两种情况：写东西干正事时，她就不时地说：“姐，保纯（存），姐，保纯（存）。”因为有那么一次死机害得一篇文章得整个重写，所以姐姐就让她提醒自己保存。但是提醒多了又会挨说：“你烦不烦啊！”另一种情况，是在玩各种稀奇古怪的东西时，她会着迷地看着。

其中最吸引她的就是QQ漂流瓶——从一个有灯塔的海面上一次又一次地捞出瓶子，上边写着意想不到的话，你不知道对方是谁，对方也不知道你会收到，然后你可以再匿名地写点什么投出去。这有意思吗？反正笨子是神往的。是不是因为这种社交最能隐藏身份呢？这就不得而知了。

终于，姐姐帮她申了一个号。这个号她不用来干别的，专为了捞漂流瓶。

第二天姐姐一出门，她就兴致勃勃地趴到屏幕前，进入了这个界面。

网抄动了几动，第一个瓶子捞到了！

打开一看，写着这样的话：“谁捡到这个瓶子谁是猪！哈哈，去扔给下一个人吧！”

笨子愣了很久，很久，很久，然后就把电脑关了。

可想而知，那句话就像一把杀猪刀一样深深地伤害了笨子的心灵。

姐姐后来问她：“怎么样，玩了吗？”

“唔。”她默不作声了。

姐姐又问。她说："没事。"

姐姐追问究竟怎么了。她半天只憋出两个字来："涮（算）了。"最终也没说出原因。

当然，再也不玩漂流瓶了，也对网络有了恐惧。

这事过后的某一天，笨子突然有点沮丧地问了句："姐，为什么只有我是猪？"

姐姐则是一副不太在意的样子："哼，倒霉呗。"

笨子似乎有点不满意，可能还起了一点报复心："那，那为什么只有我和你是猪？"

"你想死啊！"

12. 不漂亮

"姐姐对她的态度总是不大好呢？"

"就是这样。"

"这是什么原因呢？"

"……天然的吧。"

既然是天然的，也就没法问什么了。

越来越多的事情表明，笨子是一个受打击的命，往往世界负责落井，姐姐负责下石。

有一件关于长柜的事就比较典型——

图一：笨子垂头丧气地走在路上，路边是一些小草和石头，看样子是正沿着坑边的路回家。对于她这张脸来说，"垂头丧气"是通过那个短圆柱形的鼻子微微下垂表现出来的。

图二：姐姐正在床上看着电脑，笨子进屋后沮丧地瞅着地面说："姐……我是不是不漂亮？"这句话里头真不知压缩了多少情

节。把一颗饱满的初心击成自卑的碎片，那得经历多少次外界的挫伤？

图三：姐姐把脸转向她，一副讽刺的表情："哼，何止是不漂亮啊！"这话很重。笨子抬起了脸："那，那就是漂亮？"似乎心里燃起了一丝希望。原来，她以为"何止"这个词是把"不漂亮"给否定了，至少是否定了一部分，所以才生出希望来。图四：姐姐的脸胀得更大："好了，你去死吧！"笨子一脸不解。

看来，爱美之心谁都有，但是美与不美的真相就不一定了。这东西最怕戳穿。

类似这样的事还可以举出两件来。

比如，一天早上，笨子莫名其妙地高兴起来，左蹦蹦，右蹦蹦，嘴里说着："我今天穿什么？我今天穿什么？"显然，这是模仿了姐姐在早上常有的样子。没想到站在旁边的姐姐一针见血地说道："哼，你穿过衣服吗？"笨子一下就不动了。这就是一种戳穿。

再比如，姐姐身上常有一股芬芳的味道（来自香水吧），这也让笨子十分羡慕。姐姐不在时，她就经常闻自己，转来转去地闻，像是寻找一件掉在身后的东西。终于，她发现自己身上也有一种香味，并且越来越确信这一点。于是她选了个机会，说："姐，我身上也有香胃（味）。"姐姐说："切，你哪有香味？你只有猪味！"

"姐，就是有香胃（味），你闻。"

"你只有一股猪味，知道吗？"

"姐，是香胃（味），你闻，你闻。"

这时姐姐彻底不耐烦了，大着脸吼道："你说的那个香味其实就是猪味!”

笨子无法反驳了。

这也是一种戳穿。

可以想见,当这类扎心的话猛地袭来时,那块白色肉体中的那个心灵是如何紧缩成一个疙瘩,然后又是如何顽强地慢慢伸展开来,让自己重新呼吸。

13. 被写了字

“那姐姐有没有对她好一点的时候呢?”

“有。”

“是啊,也应该有。”

“有一次笨子被写了字。”

“什么叫‘被写了字’?”

原来是这么回事:有一天,笨子走在一条路上,不是坑边的小路,而是外面的繁华世界里一条人来人往的街道。这是图一。

图二:在过街天桥下,突然有个人从后面把她按住了。按住她只需一只手。

图三:笨子垂着一滴泪往回跑,两个路人在回头笑。

图四:她进门对姐姐说:“姐,有人寨(在)我身上写志(字)。”

图五:姐姐查看,发现她的白屁股上被人用一支粗笔写了一串东西,竟然是一个手机号码。

图六:她俩来到电话前,拨打那个号码。姐姐很生气:“喂!你是谁?为什么这么对待我妹!”对方的声音是一串怪符号,类似这样:“& * ……% ¥ # ! &”看起来似乎是断断续续的语音加上乱糟糟的电流声。

图七：笨子凑近了电话："请问为什么要寨(在)我的屁股上写志(字)?"显然没什么质问的力度。而对方的声音还是断断续续的语音和电流声。

图八：电话发出嘟嘟嘟的忙音，对方挂断了。姐姐的情绪平稳下来："应该是办证的吧。"

图九：姐姐手拿喷头冲洗着笨子。水蒸气里笨子笑得正开心，好像所有委屈都已不存在。

可见办证的是相当疯狂的一类人。

14. 推销的

"看来笨子自己外出总是很危险的。"

"没有一次不是。"

"那为什么还要出去呢?"

"因为她要出去帮姐姐买东西，况且她自己也想出去玩啊。"

这句话听起来真是危机四伏。

不过事实表明，在这个虎穴般的世界里，笨子的傻有时也会起到一种防身的作用。

有两件事可以为例。第一件事是这样的：

一天，笨子帮姐姐买东西回来，对姐姐说："姐，路上我遇见一个卖东西的，他问我要不要。"

这组画的窗户里是一团黑色，黑色里留着一弯白月，表明事情是在晚上发生的。

姐姐问："那是不是推销的?"

"唔，是推销的。"

"那他给你推销的什么?"

“他问我要钱还是要命。”笨子歪着脸答道，一副疑惑的样子。

姐姐的脸和眼睛一下就大了，脑袋上方浮现出一个蒙面的歹徒，他手持尖刀拦住笨子。

“啊？那你是怎么说的？”

“我说：‘谢谢你，我都不需要。’”

“然后呢？”

“然后他就肘（走）了。”

歹徒在想象中仓皇逃窜。

“姐，这是枕（怎）么回事？”笨子歪着脸问。

15. 导游

另一件事是在旅行中发生的。

图一：一辆大巴车压着碎石开进了深山，每个车窗里一个人脑袋。

图二：是车的内部：里面有笨子，其他座位上都是简笔勾勒的陌生人。

“没有她姐吗？”

“没有。”

“那她这是自己随团旅游吗？”

“嗯。”

“这可够难的。”

“不过笨子挺开心。”

“那好吧。”

接下来的画面是，大巴车停在了远处的山脚下，近处燃起了篝火，火中的木棍支成三角形。看来太阳已经落山。

这时笨子没和那些人影在一起。她背上背着一个几乎和她一样大的旅行包，离开了大队人马，看上去想要四处溜达一下。

然后的一幅图中，是笨子圆滚滚的背影，旁边还站着一个人，这人是导游。这个导游似乎有点驼背，但也比笨子高不少。他们正一起面对着黑黢黢的山岭，看样子在闲谈。

笨子说："枕（怎）么有点冷？"

导游说："山里嘛，就是冷的。"

下一幅图是他们的正面。他们的背后也是山，没有人。夜空中抹了一轮猩红的月。

笨子说："听他们说，这附近肿（总）是闹鬼，这是不是真的？你说有没有鬼？"

导游则十分沉稳："呵呵呵呵，胡说，都是胡说。没有鬼的。"

"你枕（怎）么知道没有？"笨子望着前方问。

"就是没有。"导游的眼睛诡秘地拉长了。

"那，那你寨（在）这做（zhuò）导游做（zhuò）了多久？"

"唉……"导游长叹了口气，仿佛声音变得有点苍老："……三百多年啦。"

笨子还是傻傻地望着前方："唔，这么久，那是不是很累？"

导游顿时语塞，一副烂茄子似的表情，脸庞扭曲，气成了紫色。

笨子反倒活泼起来："唔，这里可不可以尿尿？"说着话把她那个旅行包咣地一下塞给导游，蹦蹦跳跳地到一边找地方去了。

不一会回来了，身子一蹦从导游的身上拿回了包："呼呼呼呼，谢谢。"然后往篝火那边去了。导游还是一副衰相地僵在那。

“这个故事还不错。不过最好在末尾再加上一个图，图上只画几道远山，下边写上一句话。”

“写什么话？”

“‘从此山里再不闹鬼。’”

16. 头发

还有一件事，尽管谈不上防身，但也是发生在黑夜，可以和前两件事合起来看。这件事是关于头发的。

笨子没有头发，所以也就不难理解那天她为什么会停在一家理发店的落地窗前朝里面一直看。

那是个相当深的夜，路上没有一个人，路边店铺也全都黑咕隆咚的，唯独这家理发店还发着光。

她看到里边每一面镜子前都坐着一个眉清目秀的妙龄女人，共有六七个的样子。她们等距地坐成一排，每个人的头发都像一道光泽的瀑布那样笔直地垂过椅背。理发师们就在这些瀑布的两侧忙活着。

笨子看得入神，鼻子就像盖章一样贴在玻璃上。

姐姐就有长头发，但这些人的长发显然更加吸引眼球。她不明白这么美的头发为什么还要剪，剪起来为什么还要这么久。

神往、羡慕之中她忘记了自己，当自己又重新附体，那必然是满心的无奈。

她离开玻璃继续走。跟着她的只有月亮。忽然她停住了，因为她觉得似乎有什么东西不对头。

她又回到那扇窗前，再往里看，眼睛一下就瞪大了——原来里边的那些长发女子全都是浑身僵直、眼也不眨的塑料人！

笨子拔腿就跑，一路叫着："唔！姐！姐！"

看来在别人都哭天喊娘的那种时刻她叫的却是"姐"。

作者原本想让姐姐给她做个解释，说那是理发师们正在塑料人上进行练习，头发也全是假发。但这个解释并不怎么合理。经过劝阻，这个情节也就删了。

幸好作者没有问为什么，删了就更合理。

17. 和姐姐旅游

"我看还是少让她单独外出吧。"

"笨子也会和姐姐一起出去，一起旅游。"

"嗯，这才是正常。不能总让她去山里降妖除怪。"

"她也会和姐姐去爬山。没有导游。"

"这个不看画也能猜出是什么样的：大概是姐姐拿着小包，让笨子背着大包。笨子走慢了姐姐还会说她：'快点呀！这么快就累了吗？'笨子就满头大汗地往前赶，一副任劳任怨的样子。一级又一级的台阶简直是无穷无尽，她一次次累得天旋地转才终于追上姐姐。再有就是给姐姐照相。咔嚓，咔嚓，咔嚓，姐姐跑过来看，有的模糊了，有的闭眼了，笨子就'呼呼呼呼'地跟着姐姐一起笑起来，好像她终于占据了嘲笑的主动。姐姐的笑收拢得早一些：'笑什么笑，再来！'当然她们也拍了一些合影，照片的背景里有笨子看不懂的名胜，也有不需要看懂的山水，是不是？"

"嗯，是这样。"

"这些合影对于笨子来说一定是特别重要，少数的印出来摆在了桌上，没印出来的也全都镶嵌在她的心里边了。"

“是……她觉得所有人都应该羡慕她。”

“为什么呢?”

“因为她有一个这么好的姐姐。”

这不是开玩笑吧?

18. 活着为了什么

还真不是开玩笑。有一个很简练的情景可以为证。

那是只有两幅图的一问一答。

第一幅图中是笨子的背面,视角有一点俯视,好像是一个人悄悄来到她身后看着她而她并没有察觉。她的周围是空白的,看不出地点环境。发问的并不是姐姐,而是一个画外音:“笨子,你活着是为了什么呀?”好像是有意出个难题,看看她会怎样反应,能说出什么可笑的话来。

第二幅图中笨子一下就转过身来,一脸认真地看着发问者说:“为了我姐。”

回答得实实在在,毫没犹豫,完全不用思考。

生命的意义——这个困扰着亿万众生和千百万思想者的问题,就这么简单地有了答案。真让人自愧不如。

19. 时间伯伯

“这已经到了信仰的程度了。”

摇头。

“这样还不算信仰吗?”

“这个是大的,信仰是小的。”

明白了,原来信仰是低一层次的东西。“那笨子有什么信仰没有呢?”

“也有,她的信仰和姐姐的是一样的。”

“哦? 她们信什么教吗?”

“不。”

“那她们信仰什么?”

“她们都信仰时间伯伯(bó bo)。”

时间伯伯? 听起来像是一个古装的老人,他似乎个子不高,拄着个拐杖,一大把白胡子快要垂到地面,白眉毛下是一双笑眼。

作者果然是这么画的,这也正是笨子最初的想象。在受到后来那次重大干扰之前,这样一个古装老人的形象一直稳稳当当地保持在她心里。

“时间伯伯寨(在)哪?”笨子问。

“他就在我们身边。”姐姐说,“过去、现在、将来,时间在一直走,这就是时间伯伯的力量。所有的东西、所有的人都在动,都在变,没有的事情有了,有的东西又没有了,这也是时间伯伯决定的。”

“那,那他枕(怎)么决定?”笨子问。

“这个谁也不知道。他也不会和任何人商量的。”

“唔,那他喜欢的东西是不是要纯(存)着?”

“不,他不会存着任何东西。世界上不管什么事物,都只能从他那领到一小份时间,想长也长不了,就连天上的太阳都是要熄灭的,明白吗?”

这时一颗黑球出现在笨子的脑海中,黑球下垂着一根灯绳。“不会吧? 太阳灭了那么我们枕(怎)么办?”

"你傻不傻呀，太阳灭之前我们早就灭了。"

"姐，不可能，我们永远都寨（在）。"

"哼，没有永远都在的东西，不光我们，连'永远'这个词都是会消失的。未来会出现什么新东西我们不知道，但那些新东西也会老掉，毁掉，也是存不住的。"

"姐，那我会寨（在）心里把你纯（存）着。"

"可是时间伯伯会存着你吗？你怎么还不明白？"

"那枕（怎）么办，姐？"笨子有点恐慌。

"我哪知道？说不定哪天时间伯伯会告诉你的。"

"唔，那我就等着他。"

"你等吧。"

总而言之，整个世界就是时间伯伯主宰的，万物的生灭、来去、久暂也全是他说了算。笨子一贯相信姐姐，所以也就完全相信这个道理。平时她也会独自想到这个事，想起那个古装老人的模样，想起姐姐的话，然后自言自语地说一句："都是时间伯伯说了涮（算）。"好像这句话可以解释一切。

她甚至比姐姐更加笃信，并且还很想见一见时间伯伯本人。

姐姐说："时间伯伯没有什么本人，你见不着。"笨子当然不甘心，她觉得终有一天是能看见他的。

20. 瓷缸子

越是见不到就越神奇。在笨子的心中，时间伯伯的能耐比姐姐说的还要大一些——他不仅能把事物往前推，还能把事物原路推回去，他能让消失的东西再出现，也能让破碎的东西慢慢复原。因为时间伯伯是伟大的，所以他一定能这么做。

这种信念可能连姐姐都理解不了。这就是教派的不一样吧？

有一件事是可以和她的这种想法挂上钩的。

一天晚上，姐姐喝醉了，脸胀得挺大而且通红，一回来就侧身倒在了床上。（你可以理解成是失恋了，或者是别的原因。）笨子傻傻地看着，有点慌神。这是图一。

图二：姐姐伸出一只手指着她："笨子！你……你喝这么多酒干什么？你不想活啦！"笨子说："姐……我没喝。"

图三：姐姐的胳膊在床边垂下去，她闭着眼说："水……给我喝点水。"

图四：笨子看着地上的电热壶，壶上冒着热气，这说明现在只有开水。这时她头上浮想出两个玻璃杯来，说明她想到了个办法——用两个杯子把水来回倒凉。

图五：笨子仰望着吊柜上的好几个杯，她够不着，地上却只有一个。

图六：她走到自己的那个小柜子前，一副踟蹰的样子。

接下来的情节是在她头上的回想中进行的，讲的是一件宝贝的由来：

有一次姐姐外出两三天后终于行囊满载地回来了。笨子追在身后看着她一样一样地往外拿东西，好像期待着什么。"喏，这是你的。"姐姐把一个小盒子给了身后的她，没有回头，继续忙着。"唔？"笨子如获至宝，打开盒子一看，是一个矮矮的陶瓷缸子，介于杯和碗之间的一种形状，还有一个古怪的把——好像就是专为笨子而设计的傻气造型。瓷缸子上有一圈图案，是一个女孩和一只小猪牵着手，地上有花有草，背景一片深蓝，像是晴空又像是夜色。笨子喜欢极了，根本舍不得用它，最后把它小心翼翼地藏到了柜子里。笨子如果有个国家，那这就是一级国宝。

现在为了让姐姐喝到水，只有把它拿出来才行。笨子就这么做了。她笨拙地倒来倒去，最后把这个瓷缸子捧到姐姐的嘴边："姐，水。"没想到姐姐刚碰到水就大叫起来："你想烫死我呀！"啪嚓一声，缸子摔碎在地上。

笨子的心摔得更碎。她愣了片刻，就赶紧满地地找，然后开始伤心地拼凑这些碎片……她要让女孩和小猪的手重新牵在一起，让地上的花一朵也不少，让那片蓝天一块也不缺。

最后，这些碎片又被她放回盒子里，盒子又被藏进了柜子。笨子的想法是，碎片在一起待久了是会复原的，时间伯伯会让它回到以前的样子，到时候再拿出来，它就不是碎的了。

接下来的情景是笨子走到窗下，呆呆地仰望着星空，一动不动。她的侧脸圆乎乎的，鼻子还是那样一个短短的圆柱体，眼睛还是一个黑点。

她是在沉思着什么吗？还是在向时间伯伯祈祷？这个就不好猜了。反正这副长相还是很少这么深沉过。

不知不觉中，身后飘来一股烟雾。笨子回过神转身看去，是姐姐点了一根烟。"姐，你不能抽烟！你不能抽烟！"她跑过去阻拦。没想到最后姐姐急了，从床上跳下来骑在了笨子身上："叫你管我！叫你管我！"说着话开始用烟头烫笨子。笨子"唔！唔！"地惨叫着，想挣脱但根本不可能。

就这样满地折腾了一宿。最后姐姐回到床上睡着了，笨子在地上满身是伤地垂着泪。

转眼间，天亮了，笨子叼起小篮子，去给姐姐买早点。她心里的想法只有一个:“姐姐一定会好起来。”只有这么一个想法。

21. 噩梦

“没想到姐姐对她还这么暴力。”

“这不是最严重的。”

“还有更严重的?”

“那次笨子受了重伤。”

“这可得悠着点啊,笨子本来就已经很弱小了。”

“没有办法,不过姐姐只是踢了她一下……”

那是怎么回事呢?原来事情的起因是这样的:笨子和几个小伙伴在一起时,想出了一种玩法——把一张手帕铺在脸上,然后猛跑,速度足够快,不让手帕掉下来,为此也可以绕着圈跑,看谁坚持的时间长。笨子试了又试,竟然乐在其中。

一天和姐姐走在街上时,她又想起了这个游戏。她掏出一张手帕,开始给姐姐表演。

几个路人呵呵笑起来。姐姐气得要命,脸胀得老大:“你傻不傻呀!”上前一脚,咚!把笨子踢飞了出去。紧接着是更大的一个“咚”字,是一辆汽车撞的,笨子又朝另一方向飞出一个大大的抛物线。

“然后呢?”

“然后笨子住进了医院。她的腰差点断了。”

“这么重啊?这么一个圆乎乎的家伙竟然还能找到腰。”

“她也有腰。”

“不对呀,前面的故事里讲过,医院不是不给猪看病的吗?这就矛盾了。”

没想到作者没有直接回答，而是另拿了半张纸，画了个笨子的正脸，笨子在上边说了句话："这无所(shuǒ)谓。"

好吧。看来为了故事的需要，逻辑是可以矛盾的。笨子都这样说了，谁还能怎么样？

下一个画面是在病房里：笨子被绷带缠得像个粽子，侧躺，昏迷着。姐姐来了，她坐到床边的凳子上，两手紧张地抓着腿上的挎包："笨子……"看起来充满了自责。

听见姐姐的声音，笨子醒了。她这时背对着姐姐，想翻身可一点也动不了，只能说话。

她苏醒后说的第一句话是："姐……我不恨你。"

其实，看了后面的一系列图画才会知道，她这句话不单是对被撞这件事说的。

接下来的画面，是笨子在醒来之前的长时间昏迷中所做的梦。

梦是这样开始的：

在一片黄沙漫漫的平原上，有一辆两匹马拉的古代战车正在飞驰，车后灰尘腾起。驾车的人盔歪甲斜，满头流汗，看样子是正在逃跑。

视角推近到车上。上边有几个古装的人，有士兵模样的也有其他模样的。笨子则待在车里的一角傻傻地看着，不知发生了什么。

那几个人忽然聚到了一起窃窃商议："奈何敌快而我慢，须扔下一人方可脱险……"然后他们好像达成了一致，一齐转过脸，朝笨子围过来。这时笨子发现其中有一人正是姐姐！这时的姐姐也是古人模样，她宽衣博带，发插金簪，脸上化着艳丽的浓妆。她冷冷地说:“这车上你是最重的。因为你,我们太慢了。”(很显然,她其实是最轻的。)“姐!姐!”笨子开始哀求,“不要扔我!”但姐姐好像根本认不出她来,并且还带头下手。紧接着天地一翻个,她就被这几个人狠狠地抛了出去。

掉在地上,腰一阵剧痛。她沾着半身的土爬起来,朝四下张望了一圈。尘埃已经落定,刚才的车不见了,后面也没有什么追兵,耳中一片寂静,好像是到了另一个世界。

她选了个方向开始朝前走,看上去既不慌张,也没有目的。

走着走着,太阳一下子炽热起来。再看四周,是无边无际的沙丘,像一片凝固的海,上面没有一丝的阴凉,只有零星几个仙人掌。不过据作者说,笨子只感觉腰有点疼,既不渴也不饿,于是她就继续朝前走。

不一会,她发现远处的沙丘上有几点人影,这些人似乎也在朝前走。奇怪的是,他们之间的距离都很大。从左到右一数,一共六个人。笨子可能在想,既然有人也朝前走,就说明这个方向是对的,所以就慢慢地跟在后面。

太阳一直在头顶,好像无论走上多久也还是正午。一个情况发生了。笨子看到,有一个人影突然偏离了自己的位置,朝临近的一人猛跑过去,手里好像举着刀子。一场搏斗之后,其余四人便都聚到了那里,一起忙起来,有砍的动作,有撕扯的动作,然后在那里一起吃着什么。不一会,他们又分散开来,保持原来的间距继续朝前走,不过变成了五个人。

又走了约莫一天的工夫,相同的情况又发生了,再分散开之后,变成了四个人。

笨子依然跟着走，不知不觉离他们近了一些。忽然，那四个疲惫的身影一齐转过身来看见了她，然后露出狞笑。这时笨子为时已晚地明白了所有的事，但已经无路可逃了。那四个人一步步走过来，呈收网之势。这时只见其中一人被风吹落了面纱——竟然是姐姐！

“姐！是我！姐！救我！”笨子抖作一团。但是姐姐并没有救她的意思，和其余三个男人完全就是同伙。笨子的最后一丝希望就是在距离更近的时候能被姐姐认出来。结果根本没有。最后七只手一起按住她，第八只手举起了明晃晃的小刀。

这把刀扎在了腰上，疼得笨子浑身一僵。恍惚中，她发现是几个白衣的大夫围着她，其中一个正在给她打针。

这一针扎过，渐渐地就不疼了。

而后，笨子感觉一身轻松，好像身上什么问题也没有了。她下了床，跟着姐姐走出了医院。传达室里的一个老头还对着她龇牙一笑。一路上姐姐的话并不多。路过一个糕点铺时，她给笨子买了一块点心，说：“吃吧。”然后，又出乎意料地买了一朵小黄花。“笨子，你是不是还没有戴过花啊？”然后就把花茎拔去，把花本身贴在了她的耳朵旁边。

这朵花让笨子的形象第一次有了女孩子的特征。

她正高兴地走着，却发现这不像是回家的路，周围越来越荒凉，天色也暗了。“姐，这是去哪？”姐姐说：“猪得了病之后都要住在饲养站的，不能回家。”

“试（饲）养站？”笨子开始难过了。姐姐安慰说：“那里有饲养员，你今后就听饲养员的。我会常来看你的。”笨子答应了个“唔”，然后停下脚步，面向姐姐哭起来，泪水流得就像两道宽溪，眼前的姐姐瞬间就模糊了，变成了几个朦朦胧胧的色块。“那，姐，你一定要来看我。”姐姐并没有伸手抚慰。

进了所谓的饲养站，姐姐就不见了，两扇大铁门咣当一声在身后上了锁。笨子朝里一看就傻住了——没有什么饲养员，只有两个大汉在杀猪！满院都是哀号和血腥味，地上是一片片的殷红。

很快就要轮到她了。她扔下那块咬成了月牙形的点心，退到墙角浑身乱抖起来。刚才的泪水还没有干，现在又哭得天地模糊了。小黄花也早已不见。很快，她就被绑在了一个传送带上，迎着电锯移动过去。四周不远处还有几只待宰的、流着泪的（形象不同于笨子的）小猪，它们都在惊恐战栗地看着笨子。

眼看就要被切到的时候，姐姐竟然来了，她把笨子从传送带上救了下来，紧紧地抱住。

“姐！”笨子哭得撕心裂肺，“姐！有什么辍（错）我一定改！姐！”

姐姐也哭了：“笨子……”

这句“笨子……”，也就是姐姐刚刚坐到病床旁边叫的那声：“笨子……”

这时笨子醒了。不难想象，在这一瞬间，她既想起了现实的事，也没有从噩梦里走出来，所有的情景都叠在了一起。所以她既是在对真实的姐姐，也是在对梦里的姐姐说：“姐，我不恨你。”

22. 吃狐狸

“那从这以后姐姐是不是就对她好多了？”

“嗯，是。有一天她们在坑边小路上散步的时候……”

“等一等，等一等，这是不是有点太快了？你看她都被缠成粽子样了，连动都动不了，怎么一下子就到家门口散步了？是不是安排一点过渡的情节比较好？比如姐姐是不是得照顾她一下？比如她回去后又见到小伙伴在玩是个什么表现？稍微带一笔也是好的。”

作者果真就这么去构思了。

于是笨子暂时还躺在病床上，不过身上的布条少了些。姐姐每天给她送吃的过来。

有一天姐姐问：“你现在想吃什么吗？”

笨子说：“吃狐狸。”

这时姐姐坐直了身子，脸上又现出久违了的嘲笑：“哼，这个还没忘啊。”

原来她这个古怪的心愿早就有了。平时在饭前商量要吃什么时，笨子就经常闹着要吃狐狸。“吃什么狐狸啊！上哪给你弄狐狸去？”姐姐哭笑不得。

笨子说：“我就是要吃狐狸。”说这话时，她的眼睛会从两个黑点变成两条“八”字形的线，有点类似流氓兔那样，看上去既有执着，也有故意为难的感觉。这个心愿完全是莫名其妙、找不到原因的。

以往这种想法都是被姐姐用拳头捶走了，但是这次她没有这么做。

“以后再吃吧，现在没有。”

“唔。”

“那你想吃点什么？”

“吃狐狸。”

“行了，还有完没完？好好说，想吃什么？”

“姐，我不饿。”

一阵沉默。

“笨子，你会好起来的。”

“呼呼呼，时间伯伯也这么说。”

这时窗外忽然传来一句歌：

哦姐姐，我想回家，牵着我的手吧，你不用害怕。

“唔，是谁在唱？”

“不知道。”

23. 叶子

终于跟着姐姐走近家门的时候，两旁投来了小伙伴们好奇的目光。

笨子沉默地匆匆走了过去，好像既有羞愧，也有不想再与之为伍的意思。

此后也很少出来。有人来找，她就从门里露出个鼻子说：“不玩了。”

某天，一个小伙伴拿来一盘磁带：“笨子，那你听听歌吧。”可见是想维持一下友谊。

磁带封面上有两个看上去邋邋遢遢的男人。笨子看了看说：“可是他们并不好看。”

“他们很厉害。”

笨子还从来没有认真听过歌。为什么？因为连电视都看不懂，何况是听歌。不过这次稍微有了点不同。

姐姐翻出了一台竟然还能用的录音机，开始放这盘磁带。

笨子很快就注意到其中的《叶子》这首歌。原因也很简单，因为这首歌一开始好半天都是在说话，只要平时能听懂人说话也就不难听懂这些话：

有一个失明的女孩叫叶子，是我的好朋友。
我知道在她心里面，她看得见一切。
在她透明的心儿里面有一个角落，
那里停放着善良的故事和动人的传说。
这个世界没有欺骗，也没有争夺。
美丽的女孩叫叶子，她经常这么说。
……

当然，至于为什么在网络时代还会听磁带，这自然也是情节的需要。只要情节需要，哪怕让她们听留声机也是完全可以的。

笨子首先感觉到的，是这个女孩的名字很好听。

“我要是叫叶只（子）那该多好。”她羡慕得不得了，好像一旦叫了这个名字，自己也就变美丽了。她真想让自己的名字和这个女孩的换一换。

但是接下来叶子所问的话她就不明白了。这部分是唱的：

爱情是什么颜色的，如果忧郁是蓝色的？
快乐是什么颜色的，如果寂寞是灰色的？
……

“这些到底有没有颜社(色)?”笨子问。姐姐说:“你傻呀?当然没有了,因为这个叶子她什么都看不见,也就从来不知道颜色是什么。她以为无论什么东西都像有颜色的东西一样有颜色。”

“那她只知道黑社(色)?”

“她其实连黑色的概念都没有。她没看见过任何东西,明白吗?”

“没看见过东西,也就不懂得颜社(色)?”

“对呀。”

“那她看没看过至(自)己?”

“当然也没有了。”

“那她也不知道至(自)己美丽?”

“没错,那肯定的。”

“那为什么还要说她美丽?”

“你傻呀?那是别人看见的,她自己也没法理解什么是美丽。”

“那有点可怜。”

“是啊。”

“那我愿意叫笨只(子)。”

“这跟你有什么关系!”

24. 还是碎片

没想到一首歌就让她彻底接受了自己的名字。这真可谓是“入人也深,化人也速”,“移风易俗,莫大于乐”。

接下来的情景是去还磁带。图一:笨子叼着磁带向一扇小木门走去。看来这是那个小伙伴的住处，不过无从得知是在坑边的什么位置。图二是在室内。小伙伴问："怎么样，他们厉害吧？呵呵。"笨子问："谁？"竟然满头问号。图三：小伙伴指着封面上的那两个男人："他们啊！"笨子歪着脸问："他们是干什么的？"图四："歌是他们唱的啊！"小伙伴一脸惊讶，"那你听的是什么呀？"笨子一脸疑惑："不是叶只(子)唱的吗？"

原来她以为"叶子问"之后的那些句子都是叶子唱的。

小伙伴捂着嘴咕咕笑起来："没有叶子这个人！这里的歌都是他们唱的，没有他们就没有这些歌！"

笨子有点诧异，到现在她还是很难把叶子的形象和这两个怪模怪样的男人联系上。

这时小伙伴从桌子上拿过来一只瓷杯子，"当，当，当"，很得意地敲了敲杯上的图片。原来上面贴着的正是磁带封面上的两个男人："看，厉害吧，呵呵。"

"唔，厉害，可是他们并不好看。"这句话让小伙伴的笑容顿时没有了，但笨子好像不是有意泼冷水，而是觉得这样的图片并不适合喝水。

看着这个物件，她又想起了自己的那只瓷缸子，因此一脸黯然之色，一副有话说不出来的样子。

于是回屋之后，她又从柜子里拿出了那个方盒子，呆呆地瞧了一会，小心翼翼地打开，一看，里头还是碎片。

"为什么还是睡(碎)的……"她觉得这是因为时间太短了，如果再过久一些，时间伯伯是能帮她复原的。

因此她又把碎片往一起聚了聚，重新放了回去。

"可是这又有什么用？"

“可是她愿意等。”

25. 花和小鸡

看来笨子对于时间有种不同寻常的耐心。

之后还有两件小事也体现了这一点。

第一件事是养花。这也是她第一次与植物之间建立直接的联系。

一天，姐姐抱来一个沉甸甸的花盆，又铲来一袋土，对笨子说，养身体时最好养养花，它也能培养情操。

“她要是懂得什么是情操那才怪。”

“可是她很感兴趣。”

笨子要亲自来种。她趴到花盆上刨了一阵，挖出一个小坑，然后捧着那粒小石头似的花种子，就像藏宝似地放了进去。

盖上土之后，浇了两杯水。

然后她就呆呆地守着花盆，盯着那片土，开始等。那样子就像是等着一个下到井里的同伴从井里爬上来。

等了一下午，该吃饭的时候，叫她，她也不动。她非要等花长出来再吃饭。

“你以为你埋的是炸弹吗？哪有那么快！”姐姐说。

笨子却还在等。

第二件事是养小鸡。这是她第一次与动物之间建立直接的联系。按理说，她自己也是小动物的样子，她再养小动物，这是很可笑的。但这话也不好对作者说。

小鸡来自自由市场。那里的十字路口有个老大爷摆了几只打开的纸箱子，箱子里叽叽喳喳的像个小自由市场。笨子一看就停住不走了。

她从来没有这么专心地关注过幼小的活物。

“这是不是鸟?”

“有这么老实的鸟吗? 这是鸡。”

有一张图是从鸡的角度画的:只见在纸箱的边沿升起一张圆乎乎的猪脸,呆呆地傻看。它们不可能想到这就是它们未来几天里的主人。

看样子她们一共买了七八只。之后笨子就开始围着屋子当中的那个纸箱子团团转,似乎腰已经彻底不疼了。

这些毛茸茸的小东西显然比那朵没长出来的花更有趣味。笨子不停地把里面的几只拿出来放到地上,又把外面的几只放进箱子——完全是没有规律的胡乱调动。箱子里外都放了一个盛着小米和水的茶碗。

笨子还用她自己的办法给小鸡洗澡,即捧着一只放到水龙头下冲,冲成真正的落汤鸡,然后放回箱子。

浑身湿透的小鸡先是卧着发抖,抖上一阵之后,眼就睁开了,然后,它扇起翅膀,左右扭着头,用力甩身上的水,甩一会歇一会,甩到半湿的样子之后,就站了起来,开始慢慢地来回走,身上的毛先是被水粘得一绺一绺的,渐渐地,就变成了浅黄色的一根一根,到最后就容光焕发地像平常一样了,仿佛一盏灯重新亮起来。这个过程是相当缓慢的,但笨子会花上很长的时间专心致志地看下来。

养鸡的经历很快结束于一次事故。

某天,在从箱子边上向后退的时候,笨子不小心跌坐在地上,只听屁股下发出“吱!”的一声尖叫。两只小鸡被压扁了。笨子顿时惊慌起来："唔，对不起！对不起！"不停地向它们道歉。

她不相信两个生命能这么轻易地就没了，所以还在等它们重新站起来。姐姐说："这不可能了，等也没有用，我们出去把它们埋了吧。"但笨子不肯，她坚持守到了夜里，最后才不情愿地跟着姐姐出了屋。

小鸡是用笨子的那条毛巾裹起来的，她认为这样能让它们舒服一些。

埋的过程中，笨子还在眼泪汪汪地道歉："对不起，对不起……"

当把土盖上之后，姐姐想用脚给踩实一些，笨子却奋力去推她的腿："别踩（chǎi）！别踩（chǎi）！"好像毛巾里躺的只是两个伤号，还大有生的希望。

之后每到一星期里的这一天，笨子就要悄悄溜到那去看一看。她希望时间伯伯能让它们渐渐醒过来，好起来，然后走到地面上继续吃米，喝水，长大。

26. 九命猫

与动物的缘分并没有结束。

一天，她们从超市出来走在坑边小路上的时候，忽然从路边传来几声绵绵的猫叫。只见一根毛茸茸的黄色尾巴在绿篱后时隐时现，如同在招手。

"唔？猫！"笨子停住了，姐姐也蹲下来和她一起看。

猫回了回头，敏捷地走远了。

她们就跟在后面，很快，又看见了第二只，第三只，第四只。

按照作者画的地图来说，这一带整个就像一个餐盘，几个大坑如同餐盘的凹槽，凹槽四周则是小路。她们的住处在东南角，超市在西北角，最北和东北边还有几栋居民楼。而现在她们正从“L”形的路线上偏离出去，向着东北方向摸寻。

走到那几栋居民楼附近时，猫已经数不清有多少只了。它们大大小小，模样像人一样千姿百态，在绿篱和草木之间闪耀着黄、白、黑三种色彩。纯白的小猫使笨子感到神怡，漆黑的大猫则让她有点发毛，还有像奶牛一样黑白相间的、三种颜色混搭成迷彩的、颈毛丰满如一捧大胡子的，这些又让她觉得有趣。

没想到坑边地带还藏着这么一个动物园。而作者画猫的水平也令人刮目相看。

猫群集中处有一棵较粗的树，树下有几只空碗，这表明周围的居民早就在喂它们。

姐姐刚掐了几块面包放在里面，几只猫就过来吃了，再放了几块豆腐干，又有几只“喵喵”地凑近了。笨子和姐姐同时笑起来。

第二天她们又来到这个地方，兴致勃勃地带了更多吃的。猫也似乎更多了。

不料刚喂了不大一会，身后忽然有人说话了：“哎呀，你们可别……你们知道吗？这些个猫身上……”

她们转过身，看到一个老太太走过来。这个人一身灰黑色衣服，头发花白，腰杆一点不弯，似乎像个退休教师。

“身上有什么？”笨子问，“是不是病毒？”

“猫身上都有九条命啊！”老太太的情绪相当激动，“你们知道吗？它们啊，都是那些上辈子缺了德的人投胎变的，上这来受罪啊！它们受冻，受饿，但是说不出来，但是我知道，因为我以慈悲为本，善念为怀。我呀，劝你们不要再喂它们，你们这样喂就会让它们更好地下崽，繁殖……多受罪啊它们！唉，不管人还是动物，活着就是受罪啊……地球上还有一百年，你们没听电视上说吗……”说到这，她竟然抹着泪转身走了，背影远去时还在念叨着：“唉，受罪啊……”

接下来她们转回身。姐姐是正脸，笨子侧着身，她仰脸问：

“姐，这是枕（怎）么回事？”

“谁知道。”

“为什么缺德的人要变成猫？”

“她的意思是说缺德的人要受惩罚，当猫比较难受，所以死后会变成猫。”

“那什么是猫有九条命？”

“那是说猫的生命力很强，比如不管从高处摔下来，还是掉到水里，它都死不了。另外它跑得也快，狗想咬它都追不上。这些情况下换成别的小动物早就没命了，猫却没事，所以是九条命。”

“唔，这么厉害，那为什么不可以喂？”

“因为她说猫活着很受罪，她想让它们死得快点。”

“厉害为什么还会受坠（罪）？”

“因为它们要找吃的、喝的，还得御寒，这很难。”

“那小鸡是不是更难、更受坠（罪）？”

“是啊，鸡比猫能耐差多了，而且任人摆布，被人吃。”

“那为什么缺德的人不变成鸡？”

“……”

“姐，她说她是池（慈）悲。什么是池（慈）悲？”

“慈悲啊？慈悲就是关怀别人，爱别人，救别人。”

“那为什么还要让猫快一点屎(死)？”

“她的意思是猫死得早点也就不繁殖小猫了，猫的数量也就少了，痛苦也就少了。”

“那，如果猫少了，缺德的人屎(死)后都去哪？还要不要受坠(罪)？”

“……那，那可能是变成别的动物吧，去受别的罪。”

“那是不是别的动物也不能喂？”

“……不是所有动物都需要人喂的。”

“可是喂了谁就是让谁受坠(罪)？”

“她的意思是这样吧。”

“姐，她还说人和动物活着都受坠(罪)。”

“是啊。”

“那缺德的人为什么不变成人？”

“哪有这么多‘为什么’！你简直就是‘十万个为什么’！”

姐姐已经不想回答她的任何问题了。

沉默了片刻，笨子问：

“……姐，那我们还喂不喂？”

“你说呢？”

27. 现实中的时间伯伯

经历了这件事，她们喂猫的动力反而更大了。笨子没想到和姐姐团结在一起的感觉是那么的好。

之后每次去超市她们都会多买出一份吃的，然后直奔那个流浪猫的大本营。有时下着雨她们也要打着伞往那里去。

那几只目光锐利的黑猫再靠近时，笨子也不是那么害怕了。

姐姐蹲在旁边学着猫叫，笨子觉得那声音和猫是完全一样的，自己怎么学都学不出来。

猫的表现也不太有规律，有时给什么吃的它们都躲得远远的，有时东西不多却突然跑来两只，一边跑还一边相互挤撞。

有一只尖嘴猴腮的白猫最让人猝不及防，它竟然在姐姐刚拿出吃的还没有蹲下时就飞到姐姐手上去抓，都不知它是从哪跳起的。

更狠的一下给了笨子。有一次因为笨子没把吃的扔给它，它纵身一跃，像跳山羊一样抓着笨子的头顶飞了过去。

“唔!”出血了。

姐姐赶紧领着她再去超市，去买创可贴。

笨子垂着一滴泪跟着走，头上糊着姐姐的一张纸巾。一边走她一边得出一个结论，那就是黑猫还是白猫并不重要，重要的是好猫还是坏猫。

原来超市的卖场里没有药品，创可贴之类的东西要到收款台外边的小药店里买。小药店和卖场同在一个建筑里，之间隔着过道。

贴上创可贴之后，她们经过了超市里之前没有注意过的一个角落。

姐姐忽然走慢了，小声地说:“看，那不就是时间伯伯嘛。”

“唔?”笨子一下子就把那只坏猫和头顶的伤全忘了。她顺着姐姐手指的方向看去，发现有一个中年男人坐在一张桌子后面。

这个男人长着一张椭圆形的棕色脸膛，只有两只耳朵上边有头发，头顶又秃又尖，浓眉毛下边是一双微笑的眼，这双眼时而瞅瞅手里的东西，时而向左右乱看。他身上穿着一件黑领子、黑袖口的深红色西装，胸前的那张桌上乱糟糟地放满了各种小东西，外侧还贴着几个字，是修什么什么、配什么什么。他身后有一堵墙，上面挂满了各式各样的钟表，有圆的、椭圆的、四方的、菱形的，有塑料的，也有金属的，有的还垂着钟摆。一组组表针指着不同的时刻。

“这……”笨子呆住了。

眼前所见无异于当头一棒。她心目中的那位慈祥的古装老人被这一棒打得烟消云散。

“不会吧？”

“怎么不会？这就是时间伯伯啊，你看他不是在负责着时间吗？”

“可是……”

“你不是一直想见见时间伯伯吗？他其实就在这呢，离我们很近。”

“枕（怎）么会……”

这时“时间伯伯”抬眼瞅了一下笨子。笨子吓得倒退几步，然后转身走出了超市。

28. 解释

想象与现实的差距从此开始困扰着她。这是一个关乎信仰的大问题。

一个一直默默冥想的神灵突然就变成个活人出现在眼前，这不是件很容易接受的事。

这之后再和姐姐进到那个超市买东西，她的心就变得凝重起来，好像是在反复抄写着一道难题。

她一方面继续跟着姐姐买食喂猫，一方面就开始留意观察着那个“时间伯伯”。

“时间伯伯”并不是一直都在的，在的时候，也总是在桌子后面低头忙着什么。他的整身和他的话语是不容易看见和听到的，不过很多天以来还是被笨子捕捉到了一些。

笨子看到的情景，被作者概括地画成了四幅图。在这四幅图里，“时间伯伯”都穿着他那件黑领子、黑袖口的深红色西装，裤子是黑的，整个人是瘦高的。

第一幅图里，他叉着腰倚在玻璃柜台上，正和药店里的姑娘说话，脸上很有光泽，像是喝了酒那样红：“哎？你昨儿个是不是去那哪了——”

图二：他正歪着上半身和卖烟酒的大姐聊天，嘴张得老大：“就他那破车，开一晚上也到不了啊！”

图三：在门口的台阶上、一辆小卡车的旁边，他正和一个送货师傅一起抽烟。他仰着脸皱着眉：“现在这天儿呀黑得早啦，八月节都过了。”

图四：他一个人，正拿着一个饭盒，从外面向超市大门猛跑，两手慌张地捧着，饭盒几乎飞起来：“嚯嚯！烫啊！烫！差点没迟到啊！”

后来笨子就把这些情景一并对姐姐讲了，然后一副很忧虑的样子：“姐，我枕（怎）么感觉不太对？”

姐姐说：“有什么不对啊？你看，他说的这些话都是和时间有关的呀。”

笨子一想——“昨儿个”“一晚上”“黑得早”“八月节”“迟到”……果然都和时间有关。但她还是不太满意：“姐，他是时间伯伯吗？”

“是啊。你认为不是吗？”

“但是我感觉和你讲过的时间伯伯不一样。”

“怎么不一样？”

笨子就把那个古装老人的样子笨拙地向姐姐描述了一遍。

姐姐解释说：“其实啊，时间伯伯是存在的，他的力量也存在，但是他自身是没有一个具体样子的。”

“没有样只（子）？”

“是啊。但是呢，他的存在方式又不止一种。”

“纯（存）在？不止一种？”

“是啊。”姐姐的头上浮现出一本翻开的厚书，说明她一边说着一边在心里想办法，找词语。

“那有几种？”

“第一种呢，就是那个决定着一切、推动着万物，但我们又永远见不到的时间伯伯。他不是你说的白胡子老人，也不是超市里穿红衣服的那个。”

“那他是什么？”

“他就是时间伯伯本身啊。这个……这是他的第一格。”

“第一格？”笨子这时想象出生字本里那样的一行方方的空格，然后在第一个格子里画了个勾。

“对。但是时间伯伯有时也会有肉体，有人形，来到人群里被我们看见。”

“有肉体？”

“是啊，类似于……你知道耶稣吗？”

“……耶叔（稣）？是什么？”

“算了，没什么。反正时间伯伯是会来到人世间被我们看见的。”

“那他就寨（在）超市里？”

“对呀。”

“唔，那他就是时间伯伯了？”

“嗯，但是第一格的时间伯伯还是在的。超市里的那个是他的第二格。”

笨子又在第二个方格里画了个红色对勾，然后问：“那有没有第山（三）格？”

“有啊，有第三格，那就是在你心里面一直激励着你的白胡子老人。”

“唔？那到底谁是？”

“同时都是啊。时间伯伯就是以这三种方式同时存在的。他们都是同一个时间伯伯。”

笨子有点傻了：“都是……同一个时间伯伯？”

“是啊，是同一个，他们不矛盾，明白了吧？傻笨子。”

于是笨子就开始在心里奋力倒腾着这三个“时间伯伯”的位置。她要完成的工作是——留住超市的，请回古装的，冥想无形的，然后按着三个“格”把它们摆成三角，又在心底将三者合一。

这是一件很费心思的脑力活。但是因为有姐姐，她就不怕麻烦，因为姐姐这么说，她就这么去相信。

“那姐姐自己相信这些话吗？”

“……不知道，反正她就是这么说的。”

“在笨子看来姐姐的话永远是对的，是不是？”

“她认为姐姐是不会骗她的。”

29. 落叶

从此笨子的困扰就减轻多了，仿佛世界也平坦了。

但有时候树欲静而风不止。

一天，借给她磁带的那个小伙伴听了笨子的话之后捧腹大笑起来。此时的场景还是他那间小屋里，里面的摆设也和前不久还磁带的时候一样。

“哎呀，你姐在骗你呢！”小伙伴擦着眼角上笑出来的泪。

“不可能。”笨子一脸严肃。

“哪有什么时间伯伯啊？”

“就是有时间伯伯！”笨子满心不悦地对抗着。

看来她本不应该拿这个和别人交心。

小伙伴开始用他的小爪子比划着：“什么一个，又是三个的，你想想这可能吗？”

“枕（怎）么不可能！就是这样！”笨子据理力争，“是我姐说的。”

“超市里的那个大叔，他只会修表配钥匙，哪是什么时间伯伯？他怎么会推着世界走？你看，他还修过我的一块表呢……”

笨子根本不看：“那他也是时间伯伯！”

小伙伴又笑了：“怪不得你叫笨子呢，就是笨，什么都相信。”

“我就叫笨只（子），这是我姐给我起的名只（字），不用你管！”说到这，笨子的脸上竟然泛起了红色。估计她还是第一次这么生气。

小伙伴还是在笑。

“唔?”忽然笨子脸上的红色消退了,“那是什么?”

原来她发现小伙伴的那只瓷杯子上换了一张新的图片,上边是一个外国男人的脸,这张脸很长,煞白,黑眼圈,没眉毛,嘴唇是一团血红,样子有点吓人。

小伙伴又得意地敲了敲:“当,当,当”,“不懂了吧? 现在我喜欢金属了。”

“金属?”笨子很是纳闷,“那你喜欢铁?”

“铁? 你说的什么呀,金属是音乐! 你怎么什么都不懂啊!”

“那,那唱《叶子》的那两个……”

“早撕啦,磁带也扔了。”

“可是,可是你说过他们很厉害。”

“厉害? 现在我才知道什么叫厉害,以前的那些都不厉害,知道吗?”

走出这间小屋之后,笨子步履缓慢,鼻子下垂,眼瞅着地面,一副伤心的样子。

“她这是怎么了?”

听了这个问题,作者就在画中的空白处写了一句话:“……现在只有我一个人喜欢《叶子》了。”

原来占了上风的还是孤独。

走着走着,路边出现一小潭水洼,笨子停下来,瞅着它不动了。

接下来的一幅图是俯视的:在一丛树冠旁边——也就是在一棵树下,有一团圆头圆尾的白色肉块,短短的鼻子前,是一片雨后的积水,水面映满了天空的湛蓝,正当中漂着一片半黄半绿的落叶。

看来不久之前下过一场秋雨。

可能是这个景致引起了某种冲动，笨子转过身来，朝着与家相反的方向走去，而后竟然停在了墙根下的垃圾池前。

垃圾池有两扇铁门，有一扇开着。她往里边凑了凑。这是要做什么？原来是想找一找那盘被扔掉的磁带。磁带被画在了她头上的一个代表意想的椭圆里。

正在这时，从她身后走来一个瘦小的中年人，戴着鸭舌帽，看不出性别。这个人无视笨子，直接深入到垃圾中开始翻找。

笨子以为来了帮手，就退后仔细地看着。可是那个人拿出来的却只有瓶子——饮料瓶、酒瓶、罐头瓶，叮叮咚咚，都扔进了自己的袋子。

看见这些瓶子，笨子躲得更远了。

“这是怎么了？她害怕什么？”

“她怕看见瓶子里有带字的纸。”

明白了，她是想起了漂流瓶，想起了瓶子里装的那句话：“谁捡到这个瓶子谁是猪！哈哈，去扔给下一个人吧！”

30. 三文鱼

当然，小伙伴对于时间伯伯的反驳她也没有忘。所以她紧接着又去了超市。

结果那张桌后空空荡荡，“时间伯伯”此刻不在。

桌后边的墙上，依然挂着那些奇形怪状的钟表。仔细看去，每一组表针都指着不同的时刻，几乎没有没指到的方向。笨子觉得，这就是姐姐所说的过去、现在和将来，是时间伯伯启动了它们，所以它们就一直地走。而“时间伯伯”之所以现在不在，那他可能就是去了过去、到了未来。

这么一想，笨子的心里似乎又踏实了。

正往外走时，一缕味道把她吸引住了。她停了停，然后抽动着鼻子循味找去。

原来在超市所在的这个建筑里有一家蛋糕店。刚才飘来的几条金色曲线是代表甜味。

而后的画面，是笨子扒在耀眼的玻璃柜上，盯住一款桃心形状的蛋糕。

“她是想吃吗？”

“不，是姐姐的生日快要到了。”

“哦？这是个好事。姐姐的生日是在什么时候呢？”

“还不知道。”

“这个不知道也能推出个大概了。”

“怎么推个大概？”

“刚刚时间伯伯不是在说嘛：现在天黑得越来越早啦，中秋节都过了，这说明已经到秋天了。”

“那秋天就是姐姐的生日。”

这样说倒也很好。记得姐姐的正式亮相就是穿着一身秋装走在校园里。这也是种吻合。

生日的这天上午，她们又去了那个超市。笨子没等姐姐买好东西就一溜烟跑出了卖场，直奔那个蛋糕店……

店员正要把蛋糕放进包装盒时，笨子仰脸问：“可不可以写志（字）？我要写志（字）。”可见她是早有听说、早有打算的。

那个小姐姐歪着嘴拿出了蛋糕，漫不经心地问：“可以啊，要写什么字?”

笨子就开始说,那人一边听着一边忙别的。

五分钟过去后,笨子才说完。她的话,作者是用一大片密密麻麻的小点表示的,其中还有标点符号。

“哼,这又不是报纸,哪能写这么多字!”

笨子又重新说,这次缩减了一半,花了两分钟。

“写不了！顶多只能写一句话。”那人还是瞅着别处,给她一个白眼。

“什么,一句?”笨子没想到会是这样,这让她很失望。她开始掂量起来,在那堆话里紧张地挑选着,心疼地删除着,最后终于找到了一句,但是一说出来,就又变长了。

小姐姐不耐烦了:“不行,还是太长！最多八个字!”

笨子的计划不得不全部推翻。她带着绝望继续搏斗,在搏斗中屈服,又在屈服中搏斗。

最后蛋糕上写的是:我爱姐姐。

这时姐姐来了:“哇,谢谢笨子,好感动啊。”

笨子满头大汗地呼呼笑了。

然后她们就拎着这个蛋糕,来到一家自助餐厅。没有其他人参加。

姐姐穿着一件彩虹般绚丽的毛衣,头顶纸皇冠,吹蜡烛,合掌许愿。笨子按着相机拍了又拍:“唔,姐姐漂亮,呼呼呼……”

照片里先是姐姐和蛋糕,然后是笨子和蛋糕,然后就是姐姐、蛋糕和笨子。

笨子拿出了一个钥匙链,是给姐姐的生日礼物,上头是个布制的加菲猫。

那顶纸皇冠笨子也戴了一会。她说:“我要纯(存)着,我要纯(存)着。”姐姐就把它放进了包。

因为是在自助餐厅,蛋糕只被吃了一个缺口。

吃到最后,姐姐用筷子夹起一片三文鱼,放到了这个缺口里,然后朝左右看了看,又放进了第二片、第三片、第四片。

笨子呼呼地笑了:“姐,你说我们回去时能碰到它吗?”

“应该能吧,这些天它不总是蹲在那儿嘛。”

“它会吃这个吗?”

“那肯定啊,它得乐坏了。”

最后,姐姐笑着拿起盒子把蛋糕装了进去。

31. 大胃

“这个它是指谁?”

“一只猫。”

“她们喂过那么一大群猫,那这个是哪一只呢?”

“它不是那一群里的。”

哦,不在群里。

原来这是一只特立独行的猫。它的“特立”不是有个性,而是没有什么个性;它的“独行”不是到处乱跑,而是待着不动。

它待的地方就是大坑西南角一座小丘前的几块石头上,可能因为离行人太近了,这周围从没有第二只猫久留过。

这只猫拿石头当了蒲团,整日一声不吭地蹲坐在上面,有种不同寻常的泰然。论身材,它要大于那群猫里的任何一只,但又不肥胖。它的一身黄毛就像瓷器一样柔顺,仿佛精心打理过似的,脑袋和尖嘴猴腮正相反,是个温厚的扁球形。有人靠近它时它从不躲闪,那神态举止就像高僧在接待香客。

在一次喂猫归来时,笨子和姐姐意外地发现了它。

它吃了她们剩下的半根火腿肠,还喝了几口酸奶。

姐姐伸手拍拍它的头,握握它的腿,它一点也不去挣脱,似乎自知十分安全。这一来笨子也没了顾虑,上去用鼻子碰碰它,它也不动,按它的爪,它缩也不缩一下。好像在它眼中谁都是小孩,没有它不理解的事物。

于是她们的注意力很快就从居民楼一带转移到这块石头上。

这天过生日回来,果然又在这看见它。它正蜷躺在小丘前的石头上晒着秋日的太阳,身上有几块草叶的影子。

“喵—喵—看给你带来了什么。”姐姐蹲下来,打开蛋糕盒。

第一块生鱼片转瞬就没了,石头上只剩一斑湿润。它抬起头还想要。姐姐继续往外拿。

它那个扁球形的脑袋还从没有这么大幅度地、欢快地咀嚼过东西。

很快鱼片就没有了,姐姐站起了身。而那双含着人性的猫眼还在看着她。

“姐,它还真喜欢,呼呼呼。”

“是啊,吃得这么快,可只有这么多了。”

她们只好离开石头,右转,向小屋走。

“姐,你看!”笨子转回身。原来猫已经从石头上跳下来,跟在了她们后面。不过它跟得比较远,时不时还停下来朝大坑望几眼,看起来像是跟着又像是顺路散散步。

回屋之后不久,就听到有挠门的声音:“唰,唰,唰……”——

作者在门上这样写着。

然后门缝里就出现了那个扁球形的猫头。它进来了。

姐姐和笨子笑了，眼睛都变成了口朝下的括号。她们开始在屋里找吃的，又拿了一个像是咖啡瓶盖的东西反过来当碗放到地上，往里边倒牛奶。

从此它就经常来了。

她们发现，无论喂它什么吃的、喂它多少，它都会一点不剩地吃掉。

姐姐说："它的胃好像比它还大，有无限大。"于是就给它起了个名字，叫大胃。

看来姐姐在命名方面挺有艺术天赋。

32. 凝望

当然这只猫平时还会蹲在那块石头上，只不过活动范围朝小屋这头偏移了。

它的出现只是近期的事，可它看上去好像是个生于斯长于斯的老居民，比谁在这里的年头都长。这是从作者的一幅画中隐约感觉到的。这幅图描绘了姐姐和笨子有一天走出小屋后在坑边看到的情景。

只见大胃形单影只地默默蹲坐在小路边的草地上，向着那一大片绿莹莹的凹地凝望着。远处是坑对过的另一条路。这个地方远远近近有几棵柳树万条垂下，与凹地上的植物连为一体，绿色之中还有几块傍晚的橘色阳光。它的背影温柔敦厚，身形就像一只花瓶，向右偏转的脸上可以看到一只眼睛，那目光是成熟而内敛的，甚至还有点沧桑，好像这一带曾经发生的种种事情只有它最清楚。

随后姐俩就凑近了大胃，从后面叫它，可它并不回头，只是把爪子放到嘴边舔舔，洗了几下脸，然后继续凝望着那边，好像有满腹心事似的。

最后的画面就是三个各不相同的背影一起望着这片凹凸有致的风景。四周没有一个人，当然也就没有一点声音。

33. 嫉妒

这几幅图无疑标志着作者绘画水平的一次显著提高。尽管还是漫画手法，但像猫的线条与目光这种东西都已经相当传神，所以接下来再去画大胃在屋里的种种情景时，也就更加得心应手了。

大胃在她们的房子里无疑是一位沉默的贵客，有一组图就是围绕这个而作的：

图一：大胃正在地上的一只瓷碗里埋头吃东西，旁边立着一大袋猫粮和一桶纯牛奶。显然这些都是专门为它到超市买的。碗中的猫粮是一粒一粒、呈巧克力色的东西，据说是深海鱼肉口味的。

图二：大胃正蜷卧在姐姐书桌上的一块方形靠垫上睡觉，脑袋几乎碰到后腿，形状像一只大蜗牛壳。它旁边是姐姐手上拿着的一个笔记本，本子的封面上正印着一只宽脸的黄猫蜷在一块方垫子上。显然她是在开心地对照着。

图三：姐姐怀抱着大胃，正用自己的一把小梳子给它梳毛。大胃懒洋洋地闭着眼，好像心里在说："其实这不用梳，让我睡一会吧。"

图四：大胃蹲坐在姐姐的桌上，身上围着一块布，像是穿了件袍子，脖子那里是用夹子固定的。它头上还顶着姐姐过生日那天戴的纸皇冠。姐姐正手托一个小盘，把那天剩下的生日蛋糕喂给它吃。

图五：大胃穿着一件小衣服，那是个敞怀的毛线小坎肩，据作者说是姐姐花了几天的时间给它织的。

图六：姐姐正在桌上用笔记本电脑写东西。大胃就蹲坐在电脑旁边，扭脸看着屏幕。当然是看不懂，但它那神情不像是动物的看不懂，而像是老人的看不懂。

之后的几张图则描绘了大胃的出入。

大胃的到来并不总是一阵挠门声。有时它会站到房顶上等着她们回来。这个画面是仰视的：高高的房檐上，君临天下般地端坐着一个大胃，打招呼似地叫一声“喵”，很像是一位侠客的出现。

大胃离开屋时也经常不从门走。有时天一晚，它就突然从地上一跃而起，跳上窗台，敏捷得像道闪电，速度和高度都不像是平日里那个稳重的它。然后姐姐一开窗户，它就三蹿两蹦地从屋檐上消失了。姐姐和笨子都为之惊叹。

姐姐说：“看看人家！再看看你！”

“……可是它是猫。”笨子感到委屈。

34.“警车”

她的委屈想必已经有厚厚一叠了。刚才的每一幅图其实都是一层积累。

试想，姐姐哪曾这样为她买过吃喝？哪曾为她做过一件衣裳？哪曾伸过来这样温柔精心的一只手？……

所以不需作者讲也能猜到，笨子是越来越不希望大胃再来了。她认为它的出现让姐姐和自己越来越远了。

此外还有一种可怕的事情在发生——

几乎每次大胃来，姐姐都会给它拍照，然后又让笨子给她和大胃拍合影。这事笨子本不情愿，结果有一些照片又把她吓得不轻。因为在这些照片中，大胃的眼睛变了——从一双柔目变成了两团闪亮的火光，就像在烧得正旺的炉子上捅了两个眼一样，那种熊熊，简直是一头庞然巨兽才会有的能量。

她惊呼着让姐姐看，姐姐却不以为然，说这很正常，说那是一种物理的、什么膜的反射现象。笨子却怎么也想不通，她怀疑姐姐其实并没有看到，不然她不会那么平静。这肯定是它专为自己放出的火焰！

很快，笨子就处在了嫉妒与恐惧中，她觉得这只猫就是为了害她才来的。

于是，大胃再来挠门，她就希望姐姐没听见。她也试图说点什么把那个声音盖住，但姐姐还是听见了，又高高兴兴地给开了门……

笨子的心就像这深秋的天气一样越来越凉。

一天晚上，姐姐不在，门板上又发出唰唰的声音。

笨子沉着心来回走了走，似乎也没有什么好办法，最后她凑近了门缝说："没有人，肘（走）吧。"

挠门声不断。

笨子又说："快肘（走），没有人。"

声音停了一会，又继续响。看来根本不可能劝走它。

这时，笨子看到床下有一个鼓鼓囊囊的提包，不知里头装的是什么。她呆呆地看着这个包开始了思考。

一个主意在她心里闪了一下，然后像一粒种子开始萌芽，破土，渐渐地茁壮成形，比她那盆花开得快得多。

她吃力地拽出那个包，拉开了拉链，一样一样地拿走里边的东西，然后去开了门。

大胃进来后，走近那两只碗，开始喝奶，吃东西。

等它吃得差不多了，笨子就连抱带推地把它赶进了那个提包，然后又按着它的脑袋拉上拉链。大小刚刚好。包里面发出几声不同往日的猫叫，这让笨子的心狂跳起来。

她把这个包在屋里来回推了推，似乎觉得有些吃力。她想了想，又找出一根绳子，慌慌张张地把它拴在了包的提手上。

于是就像拉车一样，她拽着大胃出门了。

这时候似乎是午夜，外面黑咕隆咚，不见一个人，也没有月光，估计最多只有几声犬吠从远处传来。

她先是出了这个坑边的地带，然后沿着一条街开始朝前拉。

街灯昏暗，路面是幽幽的橙色。她打定主意要一直向前，向前，一个弯也不转，因为否则的话可能一会连自己也回不来了。

“没想到她会这么干。那大胃这时能受得了吗？它得在包里叫个不停吧？”

“嗯，它在叫，但不是那种叫。”

那是哪种叫？

根据作者的模仿可知，那种叫声不像是动物在挣扎，而是有长有短，带着声调，就像一个有理智的人在里头说话——这人在说：“这是怎么了？让我们谈一谈好不好？打开吧，我们说说话，好吗?”

可能笨子还从没有如此下定决心地做一件事。

又要路过那个吓人的理发店了。现在它已经关门,可那黑洞洞的玻璃窗仍然让她很不放心,好像里边正埋伏着几双眼睛,正眨也不眨地向外看着她。当然在画上这就不是“好像”了——作者确实在窗里画了几双鬼气森森的眼睛,代表着一种想象。

笨子狠命地加速,仿佛后有追兵似地经过这里。然后她气喘吁吁地停下来,对自己说:“这样做(zhuò)是不是犯坠(罪)?”

她看了看漆黑的远方,又看了看漆黑的天,紧接着又想起大胃在桌上戴着生日皇冠吃蛋糕的样子,于是就继续往前拉了。

在黑夜里做这种事,恐怕就像在一个诡秘的地下洞穴里朝深处爬去,就算没有人注意、跟踪、堵截,也足以让她越来越恐惧。

积累的恐惧和大胃的叫声一起给提包增加着重量。

这时一个情况发生了:在前方,路的尽头,突然有灯光闪烁,是一辆车朝这边开来。开近之后的一张图画得很清楚——那是一种形状近似蛋壳的摩托车,蛋壳的大破口里坐着两个人,前边的是一个四肢布满文身、嘴里叼着烟的粗壮大汉,后边正抱着他的,是一个头发五颜六色、腿上也布满花纹的狂野女子。这辆车周身闪烁着一圈如霓虹灯般的多彩光芒,强度俨然赛过数盏警灯。它还发着一种声响,被写成“咚叽咚叽咚叽咚叽……”很显然,是那种鼓点像砸夯一样重、堪称巨响的DJ舞曲。

不难想象,当这种东西在寂静的夜路上招摇而过时,那一定是天摇地动般的效果,一般人都会被吓一跳,现在更何况是正在扔猫的笨子呢。

它正在开近时,笨子就吓得魂飞魄散了。“唔! 警察!”笨子丢下提包就跑,躲进了旁边的一条小胡同里。

她认为这是来抓她的,一定是有人报警了,扔动物一定是犯罪的。

这辆“警车”没有停,它径直开过去,很快就远得看不见了,不过“咚叽咚叽”的声音还在从远处的黑暗里传来。等这声音也消失之后,笨子才长舒几口气,从胡同走出来。

没想到包是躺倒的,敞着口。伸脸进去一看,里面空空荡荡,大胃不见了。

笨子喊了几声,再没有它的声音。

35. 画中画

拽着空包回来的路反而走得更慢了,街上也不像刚才那么黑了。

回屋之后,笨子擦了擦包底的泥,把原本里边的东西放进去,又把它推回到床下。

估计这是一个失眠的夜。

第二天,姐姐又兴致勃勃地买了一袋猫粮和一瓶牛奶,把两个小碗都倒得满满的,开始等大胃过来。

结果一晚无声。

“嗯? 今天是怎么了? 大胃跑哪去了?”

“唔? 是啊。”笨子说。

第二天,姐姐的样子有点焦急了:“奇怪了。”

“唔,奇怪。”

“今天在路上也看不见它呢? 笨子,你看见了吗?”

"我，我也没有。"

"笨子，你怎么了？"姐姐看她一脸灰气沉沉的，觉得不大对劲。

"我没事。"笨子不敢看姐姐的眼睛。

笨子刚说完这句"我没事"，就听空中"喵"了一声。

"嗯？大胃来了！"

她们走出屋子抬头去找。只见大胃正蹲在房檐上伸着脖子朝她们看。它脚下是灰黑的瓦片，背后是斑斓的彩云。

笨子跑进屋里，傻傻地看着姐姐把它抱进来，揉它的头，拂它的背，放它到地上吃喝，抱它到桌上玩耍。一切又照旧了。

笨子既失望又不安，这下她更加害怕大胃的眼睛了。那双猫眼会不会直接就朝她放出照片里那样的两道炽热的火焰来？

她又想起"猫有九条命"的说法，想起大胃从屋里三两下就蹿到外面房顶的情景，这种种本领过去曾令她佩服，现在却十分不祥地堵在了她的胸口上。

转天，她看到姐姐又买来一些吃的，其中有一种她从来没见过——那是一小袋一小袋的长条形的东西，摸上去挺硬，上边的标签颜色各不相同。

"这是不是糖？"笨子问。她准是以为不同的颜色代表不同的口味。

"你傻不傻呀？这是颜料。"

"颜料不是吃的？"

"你就知道吃啊？颜料是画画用的！"姐姐说着，又从购物袋里拿出一个很大的本子，表皮像个小挂历，不过每页都是空白的，"看了没，这是水彩本，就是在这上面画。"

"姐,你要画画?"

"嗯。"

"那画什么?"

"就画大胃呀。"

"大胃能照相,为什么要画?"

"不懂了吧,画和照片是不一样的,它比照片更有生命,更有意义。"

之后的几天里,笨子就眼瞅着姐姐画起画来。

当然,姐姐是在作者的画里作画的。她究竟画了多少并不清楚,但是从作者所画的四幅图中可以看到有四张成品。姐姐在这些图中正画着它们的最后几笔。

图一:画本上,是大胃蹲坐在一片绿柳环绕的凹地前正在凝望,地上洒着几道夕阳的光辉。它的身姿像只瓷瓶,侧脸上是沉稳的目光。一支画笔正在给几棵垂柳的树干底部刷着白漆。在画本的前方是一个电脑屏幕,屏幕上是这幅情景的照片。也就是说,作者把这个画面共画了三遍,之前的最大,画本上的中号,屏幕里的是个微缩。

图二:画本前方是大胃蜷卧在垫子上闭眼熟睡,而本上画的正是这个圆环式的睡姿。不过垫子被换成了花草地,背景变成了一片深蓝,看上去既像晴空又像夜色。姐姐的那支画笔正在将蓝天扩大。

图三:没有了参照和模特,只有翻开的水彩本和画笔,这说明姐姐正在自由发挥。这回就有点超现实了。只见大胃以一种石狮子般的姿态端坐在一个正方形的板子上。板子周围站了一圈穿长裙的宫女。宫女中有几人正一起抬着这块板子,有两人

各举着一把长方形的大扇子，扇面在大胃的头顶上挨在一起。最后面还有个宫女，她正握着一根旗杆似的长棍，棍子顶端是一个红色的伞盖。在这些苗条的宫女之中，大胃显得有点肥壮。姐姐的画笔正在涂着宫女裙子上的最后一道红色。

图四：只有翻开的水彩本和画笔。这幅画中，大胃被装在了一只篮子里，篮子被放在一片辽阔的土地上。篮子左右各站着一个人，左边是个男人，他双手拿着一顶黑帽子，正低头看着篮子，身旁的地上杵着一杆铁杈，右边的是个女人，她把双手握在胸前，微微俯身，也在低头看着篮子，身后有一辆手推车。大胃在篮子中正抬头看着这个女人的脸。他们的身后空旷无垠，整个大地笼罩在一派暮色之中。姐姐的画笔正在处理天边的云。

如果说在上一幅画里大胃很显尊贵，那么这时它又像个可怜的弃儿了。

完成这些之后，姐姐便开始起草一幅新作，要画的就是她和大胃的合影。她对笨子说："之前的只能算是练习，这个才是大手笔，画好之后，我要带到学校里挂起来。"

这句话让笨子的心里装满了泪水。

她下决心要在这幅画画好之前把大胃彻底送走。

36. 更远

鉴于那天夜里的惊心和不顺，第二次行动选在了白天。

终于在一个姐姐不在的下午，门上又有了挠门声。这次她把自己的零食也拿出来加到猫粮里，还从背后摸了摸它光滑的脊背。

还是那个提包、那根绳子、那条路、那个方向。这次必须更远，远到体力的极限。

“但是白天路上有人啊，她不害怕吗？”

“她害怕，可是人多了猫的声音就小了，汽车开过去时也能帮忙。”

考虑得还挺细，就像作者也扔过猫一样，只是这个道理没有办法画出来。

画出来的只有一连串的街景。这些街景一幅接一幅，看着快有一副牌那么多，所以也就不便用文字详细描述了。

在一些画面中街上还刮起了风，只见上面黄叶猛飞，树枝歪斜，行人捂着领口，围巾飘成横线。对于笨子来说这是顶风。风小的时候，她在前头拉着提包，风大的时候，她就在后面推着。

走到最后，已经夕阳西下，她和包都成了剪影。

之后的画面就是笨子匆遽、惶然地往回走，走到坑边时，天已经黑了。没想到姐姐正等在门外：“笨子，你干什么去了？”

笨子愣了一下，然后扔下包，泪眼婆娑地扑到姐姐身上：“姐！……我辍（错）了。我就是觉得你对我不重视……”

这样讲来好像有一点情节上的空缺。

“这是怎么了？是路上出了什么情况吗？”

“可能有吧，但我还不知道发生了什么。反正猫是扔成功了。”

“可她为什么是这个样子呢？”

“我觉得她回来时就应该是这样。”

“这说明她准是遇到了什么事，心理发生了点变化。反正这里是缺了块东西。”

“那，以后想到了我再补上。”

“别，还是现在补吧。想一想，她是不是遇到了什么人？”

“遇到谁？”

“应该不会是熟人吧，肯定是……比如……劫道的之类。”

“嗯，对。”作者竟然一下子有了主意，马上就落笔画起来。

于是场景又回到了夕阳西下的那个时候。这时笨子已经无力再走，她准备要放猫了。

但是看着这个不安的提包，她又有点犹豫了。为什么呢？最有可能的一个原因，就是这一路走来，叫声绵绵不断的大胃已经成了一个远行的同伴，在越来越陌生的世界里反而越来越亲密了。

“让我先看看你。”笨子出于这种想法，只打算拉开一点缝隙先看一看。可是还没等动手，一个黑影就站到了眼前。

其实这个坏人也是熟人了，他就是曾经问笨子“要钱还是要命”的那个手持尖刀的蒙面歹徒。

估计因为长了经验，这回他没问“要钱要命”，而是变得很直接：“呵呵，又是你，带的是什么？嗯？”

笨子看出了他的凶相，赶紧扑到提包上，紧紧抱着：“唔！什么都没有！不是！”看来在此刻，保护姐姐的所爱成了她的第一本能。

这个动作让歹徒更有兴趣了。他一把抢过包来，打开拉链，抓出了大胃。

笨子急了，奋力扑到对方的小腿上：“给我！这是我姐的！这是我姐的！”

歹徒一手是猫，一手是刀：“哈哈！有意思，给我了！”说完，一脚把笨子踢出去，收刀夹猫，转身跑了。

笨子呼了两声“救命”，但根本无济于事。沉沉暮色中没人注意到这一渺小的存在。

她顿时觉得被扔掉的不是大胃，而是自己。然后，她只好拉着包，流着泪，失魂落魄地往回走了。

走到家时早已经天黑。没想到姐姐正等在门外：“笨子，你干什么去了？”笨子愣了一下，然后扔下包，泪眼婆娑地扑到姐姐身上：“姐！……我辍(错)了。我就是觉得你对我不重视……”

好了，这样就顺顺当当地接上了。

37. 罪

和姐姐谈了心那是无疑的。姐姐也收起了所有的画和工具，把那幅未完成的合影也扔进了垃圾桶。

“姐，它会不会有事？”笨子已经陷入了不安。

“但愿没事吧。”

“姐，猫是不是都有九条命？”

“有啊，不过要用上凶器那就是另一回事了。”

“我不该那么做(zhuò)。”

“你知道吗，猫和鱼是不一样的。”姐姐擦完手坐了下来。

“和鱼？”

“是啊，你可以把一条鱼扔进任何一条河里，那对于它都差不多，可是猫是有记忆的，有故土的。它生活在这，就像我们住在这一样。想想看，如果把你突然间蒙上眼睛带到别处去你愿意吗？”

“唔，我不愿意。”

“就是啊。再说，如果大胃在这一带不是它自己呢？假如它还有亲人呢，怎么办？那你不就让它们骨肉分离了吗？”

“唔，我做（zhuò）得不对。”

如果说这些话只是让她有了一般性的悔悟，那么姐姐的下一句话则把她推进了噩梦般的罪恶感中。

姐姐说：“如果大胃也是别人的姐姐呢？那它的妹妹这下就再也见不到它了。”

笨子猛地抬起脸，傻住了。

为了表现这句话给笨子造成的心灵冲击，作者把她画在了一个满天都是雷电的恐怖荒原上，每一道闪电都像尖刀一样向她击来。

显然她体验到了真正的犯罪。这种罪过在她心里有无边的大、无边的深、无边的重。这个突如其来的悔痛让她像挨了一记重拳般地眩晕，此时就算有千百辆警车突然来到，对于她也都不算什么事了。一想到坑边的某个角落里还可能存在的那个大胃的妹妹，她就像发疯似地呆不住了。

“我要去把大胃找回来！”笨子说着就要出发。

“别犯傻了，你带它走了那么远，它又被人拿走了，就算它又逃了，之后它跑哪去了你又怎么知道？不可能再找到它了。”姐姐开始清理瓷碗里的猫粮和牛奶，又把大胃睡过的靠垫掸了掸拿去洗了。

看着这些动作，笨子感觉自己被掏空了，继而充满心胸的，就是巨石般的悔恨和游丝般的希望。

这样的感觉到了夜里就变成了噩梦。

一天晚上，她梦见自己醒来后姐姐已不在家。正在床上发呆时，有一群猫忽然间就进了屋子，高高低低的猫叫声乱成一团。它们碰倒了一切能碰倒的，打开了所有能打开的，吃完了各种能吃的东西，然后就从窗户和门一拥而出，如同刚刚散场的电影院观众。笨子手足无措，她为了找一找有没有大胃，就从床上跳下来，跟着它们走了出去。

外面不是坑边了，而是一片旷野荒郊。眼前的猫群变得越来越庞大，越来越远，始终没有一只猫回头。笨子忽然发现其中还有个人影，仔细一看，竟然是姐姐。她被拥挤的猫群围在中间，正跟着它们同样速度地一起朝前走，就像牧羊人赶着一群羊。

“姐！ 姐！”笨子喊了几声，然后加快脚步往前追。可是姐姐也像猫一样始终不回头。她跟着它们一起渐行渐远，好像完全听不见背后的声音。

笨子的跑竟然赶不上他们的走，距离越拉越大，最后，她眼瞅着猫群裹着姐姐走进了远方的一片雪地，又进了更远处的一片树林，小成了一些黑点，然后就融化般地消失了。这种消失令她恐惧。“姐！ 带我肘(走)！ 姐！”她决心继续往前追，直到把姐姐喊回来。

终于她也走上了那片白茫茫的雪地，再往前就是树林。

这是一片枯寂的林子，树枝都像被火烧过似的焦黑、僵硬，光秃秃的没有一片树叶。上空的末梢中很不悦目地落着大片的乌鸦。乌鸦黑漆漆的都像是没有眼睛，它们发出“呱——呱——”的叫声。

丝毫也找不见猫群和姐姐的踪影。

笨子还是不甘心，她踩着堆叠的枯叶和隆起的树根，深一脚浅一脚地跋涉在林地里。她不相信姐姐会连一声道别都没有就这么离开她。

“姐！姐!”她又在树林里朝四周喊起来。呼喊的唯一结果就是方向感彻底没有了。她只好按着感觉是朝前的方向继续找。

没想到，不久她就穿过了这片树林，而后眼前出现的竟是无比熟悉的草木和几个大坑。是家门口，没错。“唔，回来了!”她一下就没了疲劳，一路喊着“姐”向屋子奔去。

屋里却还是被猫群洗劫过的那个乱糟糟的样子。一番徒劳的循环。

笨子愣了半天，心里更慌了。难道姐姐真的被带走了？

她跑出去，开始在整个坑边一带寻找。可是转了又转，连一个人影也没见到。她又朝居民楼一带走去，想去看看那个生机勃勃的猫的大本营，结果情况更加异样了——那里也是死寂一片，流浪猫全部消失了。

忽然，就在树底下那几只喂食的瓷碗旁边，她看见一个奇怪的身影。

那是个正在地上爬的人，她灰黑的裤褂，花白的头发——原来就是那个劝她们不要喂猫的老太太！此刻，她正用胳膊肘和膝盖着地，四肢排成一条线，在吃力地走猫步！她的表情还是那么痛苦。她扭过脸来，睁着一双泪眼看着笨子：“当猫啊，就是受罪啊……”

笨子魂飞魄散，拔腿就跑，随即就撞在一棵树上。

紧接着天昏地暗，满世界的流星。

38. 姐姐去哪了

接下来的情景是从笨子的视角画的。

只见整个画面是一片模糊的天花板，中心偏下的位置有一盏朦胧的顶灯。

姐姐的半张脸从右侧探了进来,眼神充满关切。

“笨子,感觉好点没?”

然后姐姐的手也进入了画面,手指捏着一粒胶囊:“来,吃了它就好了。”

然后是另一只手,手里拿着杯子。

之后姐姐从视野中移开了,朦胧的灯光里出现了两只飞蛾。有两条拐来拐去的虚线表示着它们的飞行轨迹。其中一只飞蛾是清晰的,另一只模糊。而后模糊的变清晰了,清晰的又模糊起来。

不一会,姐姐的手又出现了。她的手掌一下子占满了整个画面的上半部分。

“还这么热……”

“姐……”

手掌撤去,两只飞蛾又在飞。不知其中哪个在追逐、哪个在躲避。

然后,一片白色落下来,落下后变成长方形的、斑斑点点的灰色,又把画面的上半部分占满了。那是一块叠起来的毛巾。

“姐……”

“休息吧,笨子,我得走了。”

“姐……你……”显然笨子的神志很差劲,想说句整话而不能。

姐姐的手又从左下角浮现了一下,看样子是在抚摸脸颊。

而后,天地再次昏暗下来。在夜幕般的黑色中又出现了一条条流星的银线。这些细长的线条飞动不止,由直而曲,逐渐变成一层层同心的旋转，就像一个壮观的通道。这时姐姐的背影进入了画面，她由近而远，向这个通道深处步步走去。她走得是那么安稳，那么飘逸，又是那么的无法挽留。终于，她转过身来，朝遥远的这一头挥手，长发和围巾随风飘曳，圆脸上是含泪的微笑。

情节进展到这里，真是有点费解。

“笨子这是发高烧了是吧？她姐真的走了吗？”

没想到作者也像患了什么病似的没了言语，只顾埋头继续画画。

姐姐走进那个通道之后，离奇的夜空就消失了，画面上又是模糊的房顶和灯。这时只有一只飞蛾在飞，显得十分孤单。

画中又探进来半张脸，不是姐姐，而是那个扔掉《叶子》改听金属的小伙伴。

“姐……”

“笨子，你怎么病了？”

“我姐，我找我姐……”

“她走了呀，你不知道吗？”

“唔？去哪了？”

“她没和你说？她也没和我说。她只是告诉我，说让你别太想她。”

“唔？不会吧……”

“笨子，你还是不好，你要好好休息。都会过去的。”

“不会……”

小伙伴的脸移开了。然后，从画面的一侧伸进来一根弯折的吸管。

“来，喝点奶吧，是甜的，甜的。”

然后吸管更近了，由半透明变成了乳白。

紧接着是“喀！喀！”两个大字，再看，整个画面都是浑浊的灰白了。

“慢点，笨子，小心点，我给你擦。”

结果这片灰白色只被擦掉了一部分，擦掉的部分被作者画上了新东西。下一幅图中，新东西更多而白色更少，仿佛是镜头在拉远。

没想到，这块白色竟是一捧几乎垂地的白胡子。再看那笑眼、拐杖、古代长袍……原来是笨子心中的那位时间伯伯出现了。他一只手放于后背，也正在咳嗽。

咳罢，那只手回到胸前，伸进袍子里，好像要掏什么东西。

“时间伯伯……”笨子似乎很激动，不知该怎样表达才好。

老人并没说话，还是那么慈祥地笑着，然后就从怀中取出一物，托于掌上给笨子看。

是那只瓷缸子！它在老人的手上闪闪发亮，已经完好如初了，没有一丝的裂痕，和姐姐刚带回来时一样。

“唔，唔，这是真的？谢谢……”笨子小心翼翼地接过来，看了看那心爱的图案，又往缸子里边看。

里边也是一片光洁的白色。但这杯中的白色又变成了晨光中的天花板。笨子醒了。

估计是病好了的缘故，这时什么东西都清晰了。

她爬起来，下了床，站在整洁又空荡的屋子里发愣。看来猫群并没有来过。可是姐姐去哪了？

“唔？”墙上多了一幅画，笨子走过去仰脸看。

那明显是姐姐的手笔，而且还配了框，挂在了并不高的位置上。画中是秋天她们在自助餐厅过生日的情景：完整的桃心形蛋糕在前，姐姐穿着彩虹般绚丽的毛衣在左，笨子顶着纸皇冠在右，两张圆脸一起幸福地笑着。

“姐……”笨子似乎是想问：你是什么时候画的？

也可能是想说：我是不是在做梦？

她又想起了那位犹在眼前的时间伯伯，好像他并没走远，还在某个时空层里对她笑着。她想到这心里一动，于是就朝自己那个小柜子走去，想看看那个缸子是不是真的有了变化。

结果一拉门，就有个东西啪的一声掉出来。“唔！唔？”

没想到柜子里堆满了东西，多得快要装不下，是柜门一直在挡着它们。

“里面是什么呢？”

“是吃的，各种各样的，但又是一样的。”

这话怎么解释？

原来，那全是用塑料膜包装着的面包、饼干、糖果和点心，但它们又是狐狸形的面包、狐狸形的饼干、狐狸形的糖果和狐狸形的点心。

翻着翻着，又掉出一张纸片，上边是姐姐的字迹，只写了一句话：“吃吧，笨子，你要好好的。”

笨子退了一步，瘫坐在地上：“姐……”一种确凿的不祥之感灌满全身。

因为笨子整个是个圆乎乎的造型，所以她的瘫坐、站着、趴着之间也并无太大区别。

流过一阵泪，她又向柜子里继续翻找，希望能再发现点什么。可是再没见到一个字。

吃的一层层拿掉之后，小方盒子就露了出来。原来它还在那个位置上，只是被埋了。

笨子端出盒子，微微晃了晃，好像那感觉有点不一样了。她谨小慎微地打开，然后眼睛就大了。那只瓷缸子居然真的被修复了，没有错位的碎片，没有丁点的裂痕。

她对时间伯伯彻底信服了。

39. 孤独

而后是极为孤独的日子。

月出日落，满天星斗，笨子在窗前傻傻地望着。风起雪飘，阴阴晴晴，门外再无姐姐回来的声音。

这一组画面的视点是固定的，都是从外面远观这个瓦顶的小房子。房子画得不大而且靠下，因此在大片的天空和两旁树木的衬托中显得十分暗淡和孤立。然而不管景象怎样变换，窗玻璃中都会有笨子的那张脸，当然，占据的是最低的那一格。可以想象，她是从椅子爬到桌子上，再从桌子踩到窗台上这样向外看的。当窗户上有雾气时，她的脸就会套着一圈抹净的圆。

“她有没有去问小伙伴呢？那个家伙究竟知不知道姐姐去哪了？”

作者摇着头，仅画了一张图就回答了这个问题。那是在小伙伴家的那个小木门前，他们面对着面，笨子表达了几个问号，可是对方的问号竟比她还多。

“他们既然不知道。那你呢？别告诉我你也不知道。”

"我更不知道。"

"那,那故事该怎么发展呢?"

"也许时间伯伯知道。"

"那你就让她问问时间伯伯吧。那是不是得做个梦呢?"

"不,去超市。"

对啊,那里还有时间伯伯的"第二格"。

40. 与"时间伯伯"对话

于是笨子就失魂落魄、一路沉重地去到了超市。这时的超市已经换上了棉门帘。笨子进去时得注意别被人踢到。

这位"时间伯伯"似乎从生下来就穿着那身深红色的西装,永远也不会变。此刻的他正在那张乱糟糟的工作台上低头忙活着。

"时……时间伯伯,我是笨只(子)。"这是笨子第一次和他说话,也是第一次凑到他这张桌子跟前。这张桌子在笨子的眼中估计就像法官席那样庄严神圣。

没有答话。

"时间伯伯,你是时间伯伯吗?我是笨只(子)。"她又说了一遍,这种重复显然带着一种虔诚。

"嗯,是,我听得见。"他竟然答话了。

"我想让你帮帮我。"

"你又出什么事了?"他说话时并不停下工作,也不抬眼。但由这句话可以看出他对笨子过去的坎坷是了解的。

笨子仰起了流泪的脸:"我姐肘(走)了,不知道她去哪了,我想让她快点回来。"

"是吗？一转眼就找不着了？"

"唔，那几天我病了，她就说她得肘（走）了，我不知道是谁让她肘（走）的。"

"时间伯伯"一边忙着一边说："如果有鬼存在，你觉得她会让鬼带走吗？"

这话让笨子吃了一惊："唔？鬼？"但她似乎又不怎么相信："可是……可是有人对我说根本没有鬼。"她指的准是山里的那个导游。

"就是啊，生灭来去这种事其实都没有什么外因的，就是个时间问题——她觉得自己时候到了，也就得离你而去了，你拦也拦不住。"

这句话像一纸残酷的判决，让笨子受到不小的打击。

"可，可为什么现寨（在）就让她肘（走）？为什么只有我的姐姐要肘（走），只让我难受？"

"这可由不得你啊。知道吗？我们这个世界就是一辆公交车，有的人坐一站就下去了，有的就得坐上半天。你不知道谁会突然到站，你也决定不了他们。"

"那我也要和姐姐一起下车，我要让她带我肘（走）。"她显然听懂了这个比喻，"现在我心里急得要屎（死），堵得要屎（死），你说我该枕（怎）么做（zhuò）？"

"其实做什么都一样的，不是急死就是堵死，做什么都会有烦恼。你还是走吧。"他竟然对笨子下了逐客令。

"我不能肘（走）！时间伯伯，我不能没有我姐。我姐爱我，我也爱我姐。别人能和姐姐寨（在）一起，为什么只有我不能？"

"你们俩都是猪是不是？"没想到他会突然这么问。这话如同扎下一根针。

笨子心里一缩，低下脸来："唔……我如果是猪，那无所(shuǒ)谓，可我觉得姐姐不像，她冲(聪)明，她是个好人，我们……"

"哎呀，其实你们有什么区别？我看过不多久就该轮到你了，你也快把自己弄丢了。"又是这么单刀直入的表达。

"我？"笨子一下子还消化不了如此犀利的预言，但也没有去问为什么，"如果要丢那为什么不让我先丢？我愿意换她。如果换成是我丢了，我一定会想办法回来找姐姐，不管寨(再)……"

"这怎么可能？这我可没法给你们换。""时间伯伯"还是那么断然。

"那，那我枕(怎)么办？"说到这笨子泪水奔腾，"我只有这么一个姐……"她此刻的伤心超过了以往任何时候。这句话的意思显然是说，她在世界上只有这么一个亲人。

"只有这一个啊？"不知"时间伯伯"是不是在明知故问。

"唔……"

"那你得找啊！"这话如同一个有力的转弯。

笨子心里一震："唔？找？"她感受到了希望，又抬起了泪眼。

"你只能找，不然那可就太麻烦了。"

"可是，可是我该去哪？我哪都不认识……"

"明处没有去暗处，近处没有奔远处，再不行就上天入地下海去找，凡是所有你能想到的地方都有可能，明白吗？得多动动脑子。"

"那时间伯伯，你会不会知道她寨(在)哪？你能把世界推过来，也能把姐姐带回来。我想让你帮帮我。"

“你就那么信我啊？你把我想得太万能啦，我也不是想推什么就推什么，这些具体的事还是得靠你自己。”

笨子听着，又低下了脸，但已不那么绝望：“唔……那我……”

“快去吧。”

这句简洁的指示止住了笨子的泪和他们的对话。

于是笨子就怀抱着希望，揣摩着神意，若有所思地离开了超市。

她走后，“时间伯伯”依然在低头忙着。这时，画面的视角略微抬高了，从中可以看到工作台上的各种物件和他的整个上半身。仔细观察，还能发现“时间伯伯”的两只耳朵里各有一条细线垂下来，两条线在胸前合为一股，又经过几道弯，最终与桌面上的一部薄薄的手机相连。

这个细节有点吓人。

难道他一直是在打电话吗？难道刚才他压根就没听见笨子的诉说，甚至根本就没有看见她来？

这个问题简直都不敢向作者提出。一旦作者点了头，那就有点不堪设想了。哪怕作者只是说个“也许吧”，那也会是很大的麻烦。

可如果“时间伯伯”真是在跟另一个人聊天，那他又怎么会说出这些话来？那得有怎样的巧合才行呢？这其中的可能性真叫人猜测不尽。

这种没有答案的谜题很能刺激想象。

在脑子里，一场填空的试验不可遏制地开始了……

也许，在笨子来到的时候，正好有这样一个人给“时间伯伯”拨通了电话。

这个人说:“喂? 喂? 二哥,是二哥吗? 喂?”

“时间伯伯”说:“嗯,是,我听得见。”

他说:“我最近真背啊,你看能不能帮哥们一把?”

“你又出什么事了?”

“唉别提了,前天晚上我陪我媳妇上门口输了个液,回来一看,车钥匙没了! 走的时候还在她手上拿着,你说邪门不?”

“是吗? 一转眼就找不着了?”

“对啊,没人偷没人抢的,也不可能闹鬼啊。”

“如果有鬼存在,你觉得它会让鬼带走吗?”

“鬼要它干什么呀! 鬼又不用车。”

“就是啊。生灭来去这种事其实都没有什么外因的,就是个时间问题——它觉得自己时候到了,也就得离你而去了,你拦也拦不住。”

“哪能啊! 那不是新买的车嘛,哪能这么快就到时候了?”

“这可由不得你啊。知道吗? 我们这个世界就是一辆公交车,有的人坐一站就下去了,有的就得坐上半天。你不知道谁会突然到站,你也决定不了他们。”

“是,我是不知道谁会到站,反正我们礼拜一是得坐公交了,要么就得坐地铁,那可有好多站呢。你说这叫什么事!”

“其实坐什么都一样的,不是挤死就是堵死。坐什么都会有烦恼,你还是走吧。”

“哪能走啊,二哥! 那么远,没车不行啊! 跟你说吧,我跟我媳妇都已经找了两天了,楼道、马路上、小诊所里,其实也没走几步远呀,可瞪眼儿就找不着了!”

“你们俩都是猪是不是?”

"谁是猪啊！就怪她，她这人一直就丢三落四的，自己逛街都会把自己丢了。我心多细啊，要是我拿着那肯定丢不了。"

"哎呀，其实你们有什么区别？我看过不多久就该轮到你了，你也快把自己弄丢了。"

"二哥，帮我们换个锁吧。你看你那现在有没有这种的，给我们换一个？我这车你也见过。"

"这怎么可能？这我可没法给你们换。"

"那我的车钥匙就这一把呀！没有备用的，你说这可怎么办？"

"只有这一个啊？"

"啊。"

"那你得找啊！"

"啊？还找啊？"

"你只能找，不然那可就太麻烦了。"

"得，这叫一完蛋。那我还能上哪找啊？就差挖地三尺了。"

"明处没有去暗处，近处没有奔远处，再不行就上天入地下海去找，凡是所有你能想到的地方都有可能，明白吗？得多动动脑子。"

"那二哥你先给算一卦得了，给指条路。你以前不是摆过卦摊嘛，光看个生辰就什么都能推出来。你也给推推这个。"

"你就那么信我啊？你把我想得太万能啦，我也不是想推什么就推什么，这些具体的事还是得靠你自己。"

"唉，那得嘞，二哥忙着吧，我得赶紧去买菜了，我媳妇今天还动不了。"

"快去吧。"

然后电话挂断。“时间伯伯”手不停闲，所以耳塞也就没有摘。

对话会不会偏巧是这样的呢？甚至更顺又更离谱？不，可能性太小了。这样的设想应该尽快忘掉才对。填空是一种残酷的试验。谁都会希望在那个时段里那对耳塞是无声的——也许是一首音乐刚刚休止，也许是一个电话早已打完，而且也没有塞得太紧。总之应该敬畏世界的灵性，相信对话的真实。

41. 从城市到山巅

但不管怎么样，“时间伯伯”的话都是清清楚楚的垂示。

笨子又在窗前呆呆巴望了一夜，转天就收拾行囊出发了。

所谓行囊，就是那个比她小不了多少的旅行包——曾有一次她把它背到了山里，那位高龄的导游还帮她拿过一会。现在包中被她装满了狐狸模样的面包、饼干、糖果和点心，再有就是两瓶矿泉水和一块毛巾。

她又找出一张姐妮的照片，看了看，也放了进去。照片的功用想必有两方面：给自己看和给别人看。

最后，她去敲了小伙伴家的木门，好像是要道个别，但是没有人应。

“小伙伴如果在那肯定会阻止她的。”

“嗯，会吧。”

“其实我也想阻止，谁不想阻止呢？想想看，她的外出没有一次没危险的，这要是一远行，那得多可怕。”

“那，不管走到哪，我都会保证她的安全。”

“真的吗？”

“嗯，但我不能保证她会找到姐姐。”

这是种什么心理？

作者既然都如此，那笨子就更没有章法了。

接下来，她的那张扁圆的猪脸就从一辆辆公交车的窗子里向外望着，从一家家街边店铺的玻璃板外向里瞧着，又在市场商厦的一股股人流中左顾右盼地穿梭着。这显然是任意的搭乘、盲目的寻找、无范围的捞针。

在扔猫的途中作者已经摸索过街景的描绘，现在画起这些来已经毫不困难。

还有一组图，分别画了地下通道里弹唱的、建筑工地上干活的、公园里舞剑的、小河边钓鱼的、摊位上叫卖的和大门口站岗的人，见到他们，笨子都会问一句：“你有没有见到我姐？”

如果说刚才那些是茫茫人海上的一波一浪，这些就是海水中的一滴一滴。

波浪匆匆而过，每一滴水都在摇头。

城区的寻找是以这样一幅画面告终的：在一座盘根错节的立交桥底下，有三张长椅，之间的距离稍有点大，好像关系不睦一样。左边的长椅上坐着一个正在低头读书的男孩，一本书捧在手上，几本书摞在身旁；右边的长椅上躺了一个破衣烂衫、须发擀毡的老乞丐，地上放着一只破碗，碗里是几张脏兮兮的毛票。中间的长椅上是笨子和她的旅行包，包前立着姐姐的那张头像。在这个有些空旷的场地中，对着稀稀拉拉的行人，她一遍一遍地说：“这是我姐，你们有没有看见？”走过的几个男女正在回头发笑。

在桥下的天空里，作者还画了一带铅灰色的远山，似乎标记着城郊的方向。而后笨子就朝着那里进发了。

于是公路变得寂寥起来，路旁的建筑也少了，一座座电线塔后边可以看见整片的云带。路上偶尔有高大的卡车开过，上边都装着莫名其妙的东西。笨子停下来，吃了一块狐狸形的点心，然后继续朝前走。

随后她又离开了公路，从一排栏杆钻了过去，跌跌绊绊地爬下芜杂的草坡，走进了另一种空旷。

这里有大片大片的湖水被山峦环抱。走近一看，还有几只修长的木船倒扣在水边，船底像树皮一样斑斑驳驳。她扔下背包爬到其中一只船上，向着远方喊了声："姐——"但是没有一个生灵能听到。

她沿着水边继续走，又经过了一个游乐场。只见巨大的转轮、盘曲的轨道上都生满橙色的铁锈，几辆卡通小车也是一身的泥灰，卧在荒草中。连一只鸟也没有。在不远处的小山上有一座孤零零的楼阁，这让她第一次有了登高的欲望。

这是一座八面三层的红色建筑，也是这一带的高点。视角推近，看到的是阁子的三面，三面上全是紧闭的门窗。两根红柱子之间，有一个巨大的香炉三足鼎像醉汉似地歪着，因为其中一足碎掉了。香炉鼎的肚上有"观音殿"三字。笨子并不理会这些，她走近护栏，对着远山和斜阳又喊了几声"姐"。

这显然是对世界之大还没什么概念，不过"时间伯伯"既然说"近处没有奔远处"，那她就要这么去做。至于什么叫"远处"，那只能到远处去了解。

"可她包里带的那点吃的怎么能够呢？"

听到这个问题，作者一点也没犯难："这个，我会帮她添的。"

好吧。有了这层保障，更远的寻觅就不成什么问题了。

之后笨子就来到了一望无际的草原，那里阴云四垂，风行草偃，遍地枯黄，河流像松开的鞋带一样在远方蜿蜒。而后，她又置身在遮天蔽日的森林中，那里只见树干，不见树顶，灰白色的雾气像梦一样地弥漫，没有一条路，但又到处是路。

某一天，笨子又进了群山。这次不是从平地远望，而是几乎登到了峰顶。白天，她流着汗拾级而上，层层石阶让她想起了与姐姐的登山旅行；天黑之后，她就在一块岩石下眯了一觉，丝毫没有察觉到身旁不远处的鹰和蛇。清晨，一片温暖的朝霞将她唤醒。她揉揉眼，迎着太阳走去并对这个充沛的天体说：

“我姐姐说有一天你也会熄灭，希望赛（在）那之前我能把她找着。”

然后她就下了山。

42. 上天入地下海

“时间伯伯”还说过：“再不行就上天入地下海去找。”这一指示竟然也没有把作者和笨子难倒。

首先是所谓“入地”。

只见画面从上到下分成了黑、褐、黑三部分，三部分的界线曲折不平，就像随手撕出的纸边。笨子正由右向左侧脸走在中间那道褐色中，包还背在身上，头顶还多了一盏矿灯。明白了，这是在一个地下洞穴里往前爬。

这个洞穴十分深邃，里面时宽时窄，最窄的地方刚好能让她和她的包一前一后挤过去，最宽的地方则有一人来高。洞里不但崎岖，还时不时出现一片水洼或一个深潭，这时她就要蹚过或游过去，水没到鼻子。

翻过一堆碎石之后，她来到一个豁然开朗的大洞里。在头上那盏灯的照射下，眼前出现了一株株巨大的石笋和钟乳石，石笋向上长，钟乳石向下垂，周围还有一些发出七彩光芒的石头，它们的后边是深不可测的幽暗。看不出这里究竟有多大。笨子喊了一声："姐——"随即就有大大小小许多个"姐"字写在洞穴各处——显然是回声。

这就是她来到地下世界找姐姐。

下一个情景，是笨子身处在一片光影幢幢的蓝色中，毫无疑问是在海底了。她的潜水设备并不是潜水服或任何机器，而是一个包裹着她的半透明的灰白色球体，类似于一个气泡，十分简易。

她在色彩斑斓的鱼群和珊瑚中游荡着，试图接近每一种、每一个生物，那种仔细就像是在进行海洋科考。她看这些干什么？在上方的蓝色中作者写了一句话："假如姐姐变成了一条鱼，我也要找到这条鱼，让她能认出我，和我见一面。"

结果，有两只海豚把笨子顶到了浅水水域，游戏般地向岸边推去。笨子似乎不大情愿，她像在探监室里一样隔着气泡对两只海豚说："你们有没有看到我姐？我在找我姐。"

看来她对于海洋之大也没有什么概念。

作者对"上天"的描绘则更加奇纵。

只见满纸的蓝色变成满纸的黑色，笨子飘浮在了星光点点的浩瀚宇宙中。她的宇航设备竟然还是那个气泡似的东西。倒也省事。可见这些想象的用心一点都不在科学技术上。

这个气泡孤零零地悬在无边无际的黑暗中，看上去比在海洋里更加渺小。

笨子在气泡里左看看右看看，似乎也控制不了前行的方向。在宽绰的黑色中作者用白色笔也写了一句话："姐，如果你到了另一个星云，无论有多远，我也要去找你。"

她在太空里飘了一天又一天，始终专注地向远处望着。太空里论天吗？这问题估计不是作者愿意关心的，所以也就不细究了。

忽然在某一天，笨子正用毛巾擦拭着气泡，就发现从远处又飘来一个气泡，那里面似乎立着个什么东西，是白色的，等它飘近一看，竟然就是那只曾经抓破她头顶的坏猫。这只猫正安稳地蹲坐着，可它那种缺乏善意的坐姿与光洁如水晶球一般的气泡显得十分不谐，好像一个鹊巢鸠占的强盗。笨子很生气："快肘(走)！快肘(走)！别过来！别过来！"白猫冷冷地看着她，一晃而过，渐渐就飘远了。

过了几天，又从另一方向飘来一个气泡，里边似乎是个人影。笨子放下姐姐的照片，把鼻子顶在气泡上仔细去看。没想到那里面是一个衣着淡雅的长发少女，她颔首低眉，闭着眼睛，右手把一片半黄半绿的枫叶拿在胸前，看上去温柔、娴静，又极其孤独。

"唔？叶只(子)。"笨子有点激动，很想凑过去和她说些什么，甚至可能还想与她结成同伴，但对方既不能看见周围的一切，也不会听见什么，加上飘浮的方向也不同，所以笨子只能眼瞅她轻轻地远去了。

这让笨子沉浸在遗憾之中。不久，她又看见一个气泡从另一方向缓缓而来。这个气泡很小，里边只有两团黄色，离近一看，原来是两只雏鸡。它们正在里边扇动着稚嫩的翅膀，上下左右地向外看着，似乎也惊奇于这个无边的宇宙。“唔?”笨子又贴紧了气泡，为这一复活的奇迹而振奋：“唔！是不是你们?”她赶紧从包里掏出两块狐狸形的点心想分给它们，以免它们再冻饿而死，无奈气泡阻隔，空间不通，根本就不能做到。

几天之后，笨子正在打盹之时，就发现头顶上方又飞过一个很大很大的气泡，像热气球一样壮观，里面竟然是一辆长方形的汽车。笨子扶着包仰脸望去，她忽然认出来，那正是她去“十二橡树”找姐姐那天坐过的公交车，在那辆车上她被嘲笑过，也摔倒过。当时有那么多人上车下车，而现在车里已经空空荡荡，车轮也不再转动。它变得那么平稳，那么安静，像一个巨大的标本，正向远方慢慢飞去。笨子多么想再回到那一天里，哪怕再被毒昏一次她也无所谓。

过了一会，她又看到下方飘来一只没有盖的酒瓶子，似乎像个垃圾。这个瓶子没有气泡罩着，因此看得很清楚，它的表面光秃秃的没有标签，里面放了一张卷着的纸。这让笨子回忆起一种刺伤的感觉，她立刻厌恶起来：“肘(走)！快肘(走)！我不看！肘(走)!”酒瓶终于也消失了。

又过了几天……

43. 与作者对话

看来作者已经天马行空到了迷航的状态。

“真是越来越离奇，越来越渺茫。她这样能找到姐姐吗?”

“好像有点难。”作者说着就把笔放下了：“好吧，不画了，那就这样吧。”

“不再画了？故事结束了？”

“嗯，结束了，故事在笨子的寻找中结束。”

“这不太好吧？你把她像人造卫星一样留在了天外，这不太像个结局。”

“可是我已经累了，明天还有别的事要做，可以不结局吗？”

“那就可惜了，你这些画已经可以编成一本画册了，它应当是个完整的故事，不然读者就会不太满意。”

“画了这么多，为什么还会不满意？”

“因为姐姐还没找到呢，他们都想知道最后怎么样了。”

“可是……他们找到自己的姐姐了吗？”

“谁？读者？”

“嗯。”

“现实中没有多少人在找姐姐，也不是每个人都有姐姐的。”

“我不信。”

“……看来你是真累了。”

“他们也在找，在地上、地下、水里、天上，和笨子一样。”

“你这是出现幻觉了。”

“他们也很难找到，因为……还有人在找他们。”

“越说越没逻辑了。不过说实话，我觉得‘上天入地下海’的情节有点超现实了，所以不好收尾。”

“超现实？”

“就是说，这些事在实际生活中不可能发生。”

“那之前的事可能吗？”

“对，当然也不可能，这故事从一开始就是超现实的。我的意思是，笨子的一系列寻觅之旅更像是一场梦，看上去就和她在住院昏迷时做的三段噩梦差不多。”

“可这是按照时间伯伯的话去做的。”

“那也许，她和‘时间伯伯’对话时就已经在梦里了呢？”

“这怎么可能？”

“是可能的。你想想看，她把大胃彻底扔掉后，不久就生病了，那时候迷迷糊糊的，也许之后的一切都是梦呢。”

“那她生病时姐姐说要走了，这是真的。之后小伙伴来看过她，这也是真的。”

“那，她的梦就是从这之后开始的？”

“那姐姐还是走了，不知道去哪了。”

真是有点糊涂了，这样的话问题还是没有解决。“那会不会……连姐姐的道别也是梦境呢，因为笨子病得太重了？”

“那我为什么还要画这么多？”

“梦也可以是很长很曲折的啊，这不足怪。如果这样的话，那当她醒过来，也就能见到姐姐了。”

“梦是可以随便做，随便醒的吗？”

“为了给读者交代，这是可以的。”

“那如果这样，她醒来之后会不会也在梦里——一个更大的梦里？因为梦是可以很长的。”

看来是不好再争论下去了。疲劳中的作者已经有了超乎常人的思维。

“反正读者是需要一点安慰的，多数人不喜欢绝望，知道这一点就行了。至于要不要接着画，那就听你的吧。”

“嗯……”

“其实不管怎样收尾，以及收不收尾，这些画也已经比当初的‘黑马战士’好很多了，那种让人头痛的蛮干不见了，单调的形式也远去了，你从任性的涂鸦走向了多姿的描绘，从暴力的漆黑抵达了心灵的纯白。颜料和画纸在你手中已不会再有任何的浪费。”

“那可能就是正确的浪费？”

说了这句奇怪的话之后，作者就若有所思地开始收拾画具了。

44. 最后一图

第二天，作者在桌上留了一张图，人就不见了。

不知道那个匪夷所思的大脑里是不是有了新想法，但这应该是相当关键的一幅画面，即便不是结局，性质上也应该接近。

原来纸上又画了那座瓦顶的小屋，此时，它与左右两旁的一簇簇草木连成了一片黑色与深蓝色的剪影，背后的围墙上又探出一些墙外的树枝。上方大面积的天空里是蓝、紫、红、橙的色彩渐变，昏晦、辽远而又绚丽，最暖的一线霞光正伏在小屋的瓦顶上，两旁还有几丝安详的浮云。

小屋的窗户微亮着，里面填充着台灯光的橘黄。站在里面正朝外望的竟然是姐姐。她身上穿着毛茸茸的冬衣，长发和圆脸占据着更高的一个窗格，表情平和而又带着期盼，不知道心里正在想什么。

这样的天色看不出是黎明还是黄昏。假如是在黎明，也许此时能听到围墙外那最早几班公交车靠站和开走的声音，往常睡梦中的笨子还可能因此而略醒片刻，听到姐姐醒来或没醒来的动静。假如这是在黄昏，那也许浮云底下就是看不见的炊烟，空气中会夹杂着丝丝缕缕的饭菜香，同时还有母亲呼唤孩子回家的声音从远处传来。但不管何种情况，这样的景象使人看了有种思归之情。

问题是，这张图是整部画册的封底，还是内容里的最后一幕呢？

如果这不是封底，那姐姐是终于回来了吗？她回来已经多久了？

如果她根本就没走，那她的傻妹妹此刻是不是正在屋里昏睡——做着寻找姐姐的梦？

如果她确实离开过，那此刻笨子是正跋涉在远方呢，还是已经飘荡在无垠的太空里？

如果这既是故事内容，又不是真的，那这就是笨子远行到极限时脑中的一个幻觉了？或许，在宇宙的尽头还有这样的一间小屋和这样的一个姐姐？

或许还可能是别的情况？

这些问题想必连作者也给不出答案来。作者不但不会认真解答，还一定会说这些问题并不重要，持一种无可无不可的态度。

但不管怎样，笨子和姐姐的故事也许是不会就此结束的。但愿真正意义上的那个时间伯伯能够保佑她们和她们的作者，以及所有作画和看画的、追寻和被追寻的人。